DÖRLEMANN

Ilia Vasella

Windstill

Roman

DÖRLEMANN

Die Autorin dankt dem Kanton Zürich für den Werkbeitrag, der sie bei der Arbeit an diesem Buch unterstützte. Der Verlag bedankt sich bei der Stadt und dem Kanton Zürich für die Unterstützung der Publikation.

Stadt Zürich
Kultur

Kanton Zürich
Fachstelle Kultur

Der Dörlemann Verlag wird vom Bundesamt für Kultur für die Jahre 2021–2024 unterstützt.

Dieses Buch ist auch als Dörlemann eBook erhältlich.
eBook ISBN 978-3-03820-087-4

Umschlaggestaltung: Mike Bierwolf unter Verwendung einer Illustration von Anna Albisetti
Satz: Dörlemann Satz, Lemförde
Druck und Bindung: CPI – Clausen & Bosse, Leck
ISBN: 978-3-03820-087-1
www.doerlemann.com

Für Matilda
und alle unsere Toten

Als Marie mit dem Wäschekorb vor der Brust die Treppe zur Terrasse hinaufkommt, ist es beinahe windstill. Marie hält den Korb mit beiden Händen, sie schaut auf die hastig von den Klammern gezogenen Kleidungsstücke, nah ihren Augen, unüblich nah schlingern Buchstabenfragmente auf dem Gummiband einer Unterhose, Franz trägt sie nicht oft, geschwungene Buchstaben, blau auf schwarzem Grund, sie bemerkt sie zum ersten Mal, stellt Marie schlaftrunken fest, sie sucht das Wort, einen Sinn, und ihre Gedanken schweifen weg, zu den Dingen, die im Haus verstreut liegen, zu den Koffern, die sie packen wird für die Weiterreise, die Weiterreise mit Franz; und sie riecht den Kaffee vermischt mit dem trägen Duft des Feigenbaums. Ihr Blick rutscht nach oben, sucht Orientierung, aus dem Augenwinkel sieht sie die Katze, wie sie dem Geländer entlangstreicht, und dann Franz, wie er mit der Kaffeekanne im Türrahmen steht, als sie ausrutscht, weil etwas sich bewegt, auf das sie tritt, sich schnell wegbewegt und Marie das Gleichgewicht verlieren lässt, sie fällt nach hinten, mit einem kleinen, überraschten Schrei, ein scharfes Aufseufzen, der Korb entgleitet dem Griff ihrer Hände, Marie fällt, ihr Kopf trifft auf das metallene Rohr des steinernen Schirmfußes. Marie in ihrem schnell übergeworfenen, leicht zerknitterten Sommerkleid, Marie ist auf der Stelle tot.

In den Sommermonaten summt und surrt das Haus an allen Ecken und Enden, die Schwellen zwischen dem rissigen Gips der Zimmerwände und dem dickwandigen Grün der Umgebung lösen sich in den Geräuschen auf. Spielzeuggefährte rollen durch den Gang zur Terrasse und Stimmen schwirren auf und ab, denn die Mauern sind dick und aus Stein, aber die Böden voller Ritzen, durch welche man da und dort in die unteren Zimmer blicken kann. Das Haus mit dem grünen Herzen saugt Menschen auf und spuckt sie am Tag ihrer Abreise wieder aus, auf dem Landweg, den Gebüschen und Bäumen entlang fahren sie zum Zug, ins Dorf, zur Autobahn. Beinahe täglich wird durch die Gänge ein neues Netz gewoben, in den Knoten verfangen sich Kinder. Die

Kinder springen an einem hoch, wenn sie eine Weile im Haus verbringen, und bilden ihr eigenes verwickeltes Geflecht, sie sind von Statur kleiner und halten den Winden gleichmütiger stand. Der Wind kommt unerwartet und zerrt an den Nerven der Gäste, er lässt Fenster und Türen zuschlagen im Haus auf der Hügelkuppe, in der Nacht fährt er in die Bäume, so dass ein Rauschen in den Schlaf dringt wie von Regen. Eigentlich ist das Haus ein Schloss.

Wie sie aufgebahrt liegt, Marie, in der bestickten Bluse, ihr Gesicht erstarrt, verstörend in seiner Anwesenheit, und wie ihre Hände braungebrannt bleiben auf dem hellen Überwurf, daran wird Dorothea sich erinnern wie an eine hyperrealistische und in den Details trotzdem unscharfe Malerei. Sie wird sich an das unmittelbare, oder war es ein langsames Abdämpfen der Geräusche im Haus erinnern, und an ihre erstaunte Erkenntnis, dass Geräusche so etwas wie Unbeschwertheit verlieren können. Am schärfsten gezeichnet ist ihre Vorstellung davon, wie Marie, der sie vor wenigen Tagen zum ersten Mal begegnet ist, an jenem Morgen im August aus dem Zimmer schlüpft, barfuß und erleichtert, niemandem zu begegnen, da ihre Glieder schwer und ihr Atem noch bettwarm sind, und an den Kinderstimmen und dem Geklapper von Geschirr, das aus der Küche plätschert, vorbeihuscht; wie Marie den leeren Wäschekorb unter den Arm nimmt und beinahe ohne ein Geräusch durch den Gang auf die Terrasse tappt, in der Hoffnung, auch hier noch niemanden anzutreffen. Ihr Blick streift den gedeckten Frühstückstisch und die hinter dem Geländer sich ausbreitende Landschaft, Marie nimmt die Katze wahr, so vervollständigt Dorothea das Bild, die graue Katze, die durch ein Blumenbeet streicht, und das Kräuseln an ihren nackten Fußsohlen, als sie von den Fliesen der Treppe auf den morgenfeuchten Rasen tritt.

Es ist mitten im Hochsommer, fünf der sechs Gästezimmer sind belegt, drei Erwachsene mit ihren Kindern nehmen das Haus mit einer lärmigen Ferienfröhlichkeit ein, und Nick, schlaksig und noch nicht erwachsen, von der Mutter hergeschickt, um Französisch zu lernen, der aus seinem Zimmer in einem abgelegenen Winkel des Hauses auftaucht, wenn die Familien bereits beim Mittagessen im schattigen Hof sitzen. Und Franz und Marie, es ist ihre erste gemeinsame Reise seit langem, vor wenigen Tagen angekommen, sind sie auf dem Weg an die Atlantikküste, mit ihrem kleinen roten Auto; Marie hat sich gefreut, auf das Stimmengewirr im Haus, die reifen Feigen im Garten, Franz auf die Weiterfahrt zu zweit und die belegten Brötchen in den Bars der Kleinstadt am baskischen Meer. Marie und Franz, seit über zwanzig Jahren ein Paar, kinderlos, etwas ist immer wichtiger gewesen, für Franz oder für Marie, dann ist die Zeit abgelaufen, und sie fügten sich, beinahe ohne Wehmut, sind nicht kompliziert geworden und auch nicht kinderscheu, Marie hat zwei Patenkinder und Franz ist sich selbst genug. Franz kommt seit vielen Jahren in das Schloss unweit der Gebirgskette zwischen den Meeren, manchmal beruflich, um an einer Komposition zu arbeiten, seltener mit Marie, um Ferien zu machen.

Der Schlossbesitzer bewegt sich zwischen den auf- und abwippenden Geräuschen des Hauses wie ein graues, schlankes Tier und meistens wortkarg, ganz im Besitz der Fäden, die die Gäste durch das Haus spannen, wenn auch scheinbar unbehelligt davon, ja unbeteiligt. Die Gäste bewundern Pierre für seine stilsichere Eleganz und seine kantige Schönheit, weil er Schlangen mit der bloßen Hand fängt und weil er dieses Schloss besitzt. Ein leicht vergammeltes Landschloss, bestückt mit zusammengewürfeltem Mobiliar vom Flohmarkt und vom Abbruch, das scheinbar zufällig, von Pierre jedoch peinlich genau inszeniert, einen losen Charme ausstrahlt. Pierre bewohnt die herrschaftlichen Räume über der Terrasse, den hellsten nutzt er als Atelier, wie aus einem Bilderbuch der Kunstgeschichte liegt es viele Monate bewegungslos, um im Sommer den Geruch nach frisch gespitzten Bleistiften und Ölfarbe auszuatmen. Dann werden die hochwertigen Kartons aus Pierres Lehrzeit aus den Schubladen gezogen, auf dem Kaminsims arrangierte Fundstücke hinterlassen kleine, staubfreie Flächen auf dem Marmor, wenn sie zusammengeschoben werden, um Platz zu schaffen für einen getrockneten Hirschkäfer oder einen seltsam gewachsenen Zedernzapfen. Schnipsel aus Illustrierten drängen sich zwischen die schnell hingeworfenen Bleistiftskizzen an den Wänden, und es kommt vor, dass Kinder unterschiedlichen Alters auf dem Boden herumrutschen und zeichnen, meistens aber gebannt vor Pierres Laptop sitzen. Geduldig legt Pierre seine Pinsel zur Seite, selten macht er eine Bemerkung, zu einem langjährigen Gast vielleicht, dass er nicht zum Malen komme. Ende August fährt er zurück in die Schweizer Kleinstadt nördlich der Alpen, wo er seine Bilder einem ausgewählten Publikum verkauft und sein Sohn Gian den Kindergarten besucht, in dessen Nähe sich Pierre eingerichtet hat, nach der Trennung von Gians Mutter, eingerichtet in einer Wohnung mit zwei Zimmern und Gasheizung, und einem Job als Barkeeper. Marie hat Franz von den Blicken erzählt, die sie auffängt, wenn sie sich für ein Feierabendbier an die Theke setzt, Blicke von Frauen jeden Alters, die hinter Pierre herwandern, wenn er eine Flasche vom Regal holt mit einer tänzerischen Geste, das Trinkgeld entgegennimmt. Doch Pierres Aufmerksamkeit gilt seinem Sohn und der Malerei, die Zeit, die verbleibt, investiert er in das verblassende Anwesen, an dem er hängt, obwohl er es kaum halten kann, wie an einem Teil seiner selbst, mit einer Zähigkeit, die auch

Verzweiflung sein könnte, wäre er zur Verzweiflung fähig. Nicht ohne Schärfe stellt die Mutter seines Sohnes nach der Trennung fest, die Zeichen ihrer verwickelten Beziehung sind überall sichtbar, im zugigen Schloss am Pyrenäenrand, dass kein Ort Pierres Einzelgängertum vollendeter beheimaten kann als das von ihm wie eine Biografie seines Schaffens bespielte, maßlose Haus. Aus den Tischgesellschaften auf der Terrasse verschwindet Pierre unbemerkt, Betty Davis oder Zigeunerjazz schwebt dann aus den Fenstern des Ateliers und über das Terrassengeländer in die Blätter.

Der Blick Richtung Berge ist weit und sanft, er gleitet über Hügel und kleine Senken, auf den Kuppen stehen da und dort Häuser und Ställe, auch Wäldchen, Laute von Kühen und anderen Tieren dringen kulissenhaft zum Haus hinauf. Bänder aus Gebüsch, undurchdringlich und brombeerüberwuchert, begrenzen das trockene Gelb der Weizenfelder, die sich in dunstigen Hügelketten verlieren. Nichts hält den Blick auf, bis er die Berge erreicht, die sich in einem schmalen Streifen erstrecken, feine, ferne Farbverläufe.

Wolkenlos blau steht der Himmel, stehen Sekunden still, es verstummt das Summen der Hummeln und Bienen und Fliegen, das Bewegen der Flügel und Blätter. Maries Gesicht liegt weiß, weiß und etwas zerknittert auf den Steinplatten, wie absichtlich hingelegt, im hellen Licht des sommerlichen Morgens. Dorothea, die beim Frühstück auf der Bank sitzt, denkt unwillkürlich an eine Fotografie mit übersteuerten Farben. Aus Franz kommt ein trockener Laut, ein erschrecktes Lufteinziehen und ein Atemanhalten. Später kann er sich auch mit größter Anstrengung nicht erinnern, wie und wo er die Kaffeekanne abgestellt hat. Später wird der Anblick von Marie in seiner Erinnerung verschwimmen, nicht aber das Gefühl, aus der Zeit gehoben zu werden. Dorothea fasst ihre Tochter Rosa am Arm, drückt sie zurück auf die Bank, als sie mit dem Butterbrot in der Hand zu Marie laufen will, Stephan nimmt Franz die Kaffeekanne aus der Hand, ein Vogel zwitschert, flattert. Marie liegt bewegungslos, die Locken wirr, ein Bein weit gestreckt, ein Bein angewinkelt unter ihrem Körper. Franz geht neben Marie auf die Knie, ein Arzt, schnell, seine Stimme flirrt. Franz legt die Hände an Maries

Schläfen, bedeckt mit den Fingern ihre geschlossenen Lider. Dorothea hat ihre beiden Kinder an sich gezogen, sie sitzt wie versteinert, Rosa und Emil starren auf den reglosen Körper, über den Tisch hinweg, in der Umklammerung ihrer Mutter. Stephan steht gelähmt, die Kanne in der Hand. Franz legt den Kopf auf Maries Brust, nimmt ihre Hand in die seine, hektisch, hektisch und abwesend zugleich, drückt sie, versucht den Puls zu fühlen, legt seine Wange an die ihre, Marie, Marie, Marie. Leise, eindringlich, flüsternd, panisch, streicht ihr mit der flachen Hand übers Gesicht, über die Brauen, den Mund, so wie er es tut, wie er es immer tut, wenn sie aufgeregt ist.

Ein Spalt öffnet sich, eine Erdspalte, ein Bergkamm, ein Felsmassiv, saugt ihn weg, sein Blick rutscht in die Tiefe, zieht ihn mit, ist es kalt, oder glühend, ein Krater, kühler Humus, Franz sieht die harten grauen Kieselsteine in der Erdmasse. Hat er noch Gewicht, einen Körper, Haut.

Marie hatte Kopfschmerzen bekommen, unerwartet starke Kopfschmerzen und keine Tabletten dabeigehabt, als sie unter den Tannen hervortraten, auf Alpweiden und Geröllfelder hinaus, sie waren erst wenige Monate ein Paar. Ihre erste gemeinsame Wanderung bis über die Waldgrenze, Franz hatte die Route vorgeschlagen, das Wochenende sorgfältig geplant. Von einer angespannten Vorfreude erfasst, ging er hinter Marie, passte seine Schritte den ihren an, ihrem Atem an, ließ sie den Aufstieg bestimmen, das kurze Innehalten, wenn ein Tritt den Ausblick ändert, ihre Armreifen klirrten aneinander; ob Marie, wie er, verstummen würde und hinaushorchen, sich einhüllen ließe vom schwerelosen Blick über Grate und Gipfel. Marie hatte sich die Stirn gekühlt, sie saßen an einem Tümpel, gelbe Gräser trieben an der Oberfläche, Marie tauchte ihr Kopftuch ins dunkelblaue Wasser und wollte umkehren. Sie brachen den Ausflug ab, und als seine Enttäuschung verebbt war, stellte sich bei Franz eine Gereiztheit ein, die ihn seltsam berührte, er war sehr verliebt in Marie und ertrug es kaum, dass ihn der Gleichmut verärgerte, mit dem sie die eigene Unpässlichkeit und gleichermaßen deren Folgen entgegennahm. Sie gingen den Weg zurück und verbrachten den Nachmittag im Aufenthaltsraum der kleinen Pension.

Franz wurde den gekränkten Missmut nicht los, und Marie ergab sich dem sprachlosen Vorwurf. Für Franz reihte sich der Nachmittag wie eine erstarrte Miniatur in die Erzählung ihrer gemeinsamen Geschichte, die holzgetäferte Stube, die Föhren an den schroffen Hängen, der eingefrorene Zwischenraum.

Über dem Frühstückstisch beugt sich Pierre aus dem Fenster, Gian drängt sich neben ihn, steckt den Kopf weit vor und fragt, mit seiner hohen Kinderstimme, fragt in die gedehnten Minuten, was hat sie. Als würde sich ein Stillleben aus der Erstarrung lösen, kommt Bewegung in Stephan, der die Kaffeekanne auf dem Frühstückstisch abstellt, neben Franz niederkniet, atmet sie noch, er hält die flache Hand an Maries Hals, Franz reagiert nicht, Franz legt den Kopf auf Maries Brust, schnell, schnell, jetzt schreit er. Gleichzeitig ist Dorothea aufgesprungen, in welche Richtung, zum Telefon, Marie helfen, Franz, die Kinder. Sie stürzt ins Haus, Pierres Schritte polternd über ihr, Rosa und Emil folgen ihr verängstigt. Bleibt hier, Dorotheas enge Stimme im Dunkel des Gangs, ihre fahrigen Hände in den Haaren der Kinder, sie hört, wie Pierre das Telefon erreicht, ein Kissen, fährt es ihr durch den Kopf, Marie stützen. Am Tisch allein gelassen, schreit Lara, scharf und durchdringend, Papa; echte Bedrängnis, auf die Stephan in Sekundenschnelle reagiert, und zu ihr stürzt, sie flüsternd besänftigt, als wäre sie es, Lara, sein Kind, das einer Gefahr ausgesetzt ist, einer hereinbrechenden Bedrohung. Ein Arzt, Arzt, Franz wiederholt das Wort, eine Beschwörung, ein drängender, gepresster Schrei. Dorothea kniet sich neben Marie, mit dem Kissen, ein Blumenmuster, eine aufwändige Stickarbeit, blaue Kornblumen und gelbe Narzissen, die blühen doch gar nie gleichzeitig, der Gedanke bleibt einen Moment bockig in ihrem Kopf sitzen, als sie das Kissen neben Maries Locken auf die Steinplatten legt.

Sie kommen, Pierre spricht niemanden an, zieht die wenigen Silben in die Länge, er steht unter dem Türbogen, Gian taucht an seiner Seite auf, drückt ihm den Kopf an die Hüfte. Pierre ist die geschwungene Treppe hinuntergestürzt, er hat seinen Sohn, mit hängenden Mundwinkeln, auf dem obersten Absatz stehen lassen und mit der örtlichen Ambulanz telefoniert. Aber wann, Franz lässt zum ersten Mal den Blick von Marie, seine Hand hält die Verbindung, die Fingerkuppen suchend in ihrem Gesicht, halten nur kurz inne, Franz dreht sich zu Pierre, wann, seine Augen zwei brennende Seen. Pierre ist mit einem Satz bei ihm, auch er fühlt den Puls, legt die Hand an die Halsschlagader, schweigt. Gewissheit breitet sich aus, eine alles durchdringende, messerscharfe Gewissheit, wie ein dumpfer, wie ein farbloser Ton. Die Hektik auf höchster Alarmstufe, waren es drei, waren es zehn Minuten, ist einer Zeitlupenstille gewichen, die eng ist, wie zusammengeschnürt, Äste knacken in den Platanen, in der Ferne winseln Hunde. Emil und Rosa drängen sich neben Gian, Emil reibt sich rote Streifen auf den Arm, während ihn Rosa bedeutungsvoll anblickt, mit zusammengepressten Lippen. Lara hängt in Stephans Arm, das Gesicht in seinem Hemd verborgen, er zieht sie vom Stuhl, lässt sie zu Boden gleiten, und mit einer entschiedenen Handbewegung bedeutet Stephan den Kindern ihm zu folgen, zur Treppe, auf die Wiese hinunter und in den Garten; Lara geht an ihn gedrängt, die andern dicht hinter ihm, vorbei an den stummen Erwachsenen und der bewegungslosen Marie. Gian verfällt in ein hüpfendes Rennen, sobald er sich an Marie vorbeigeduckt hat, Emil dreht sich um, vorn an der Treppe, und sucht die Augen seiner Mutter, den Oberkörper gekrümmt, wieselhaft, Dorothea antwortet mit einem unsicheren Winken, ihr Blick verfängt sich in Maries Ohrmuschel, als sie wegschaut.

Trällernd kommt Odile vom Gemüsegarten, über die Wiese, mit einem Korb voller Bohnen. Sie sieht Stephan Richtung Labyrinthgarten gehen, im Laufschritt, gefolgt von den Kindern, die kaum Schritt halten können, ohne aufzublicken. Dicke Luft, denkt sie, ein Streit zwischen den Kindern. Sie geht die Treppe hinauf, und bevor ihr Blick die Terrasse erreicht, kann sie es greifen, schlagartig, etwas ist aus den Fugen geraten, ist verrückt worden; sie sieht zuerst Dorothea, die am Boden kauert, dann Pierre, Franz, und erst dann sieht sie Marie, Marie und die verstreuten Wäschestücke. In zwei Sätzen ist sie bei Franz, Pierre gibt den Raum frei, Odile kniet auf die Steinplatten, legt Franz die Hand auf den Rücken. Ohne sich zu Odile umzudrehen, flüstert Franz, ich hätte ihr einen Kaffee ans Bett gebracht.

Odile lebt im hinteren Teil des Hauses, zur Miete, in einer eigenen Wohnung, deren Eckzimmer vom Gewölbe eines Brotofens versperrt ist, manchmal mit einem Liebhaber und mit einer kleinen Terrasse Richtung Osten. Im Sommer beteiligt sie sich selten an den lebhaften Abendessen an den langen Tischen unter dem offenen Himmel auf der weitläufigen Terrasse, denn sie spricht kein Deutsch, und die Feriengäste machen sich nicht die Mühe, Französisch mit ihr zu sprechen. Auch Pierre nicht, der damit beschäftigt ist, Filme an die Schlossmauern zu projizieren und seine Sprachlosigkeit in kleinen, geschickten Handgriffen, die dem Ambiente dienen, verschwinden zu lassen. Odile zieht Tomaten und Salate im Gemüsegarten unten am Hang, im Sommer bleibt sie wenn immer möglich nackt, und wer sie in ihrer Wohnung besucht, wird in einem schnell übergeworfenen Tuch empfangen. Sie hadert mit den Flecken, die auf ihren Handrücken sichtbar werden, sie hadert mit dem unterbrochenen Schlaf. Mit liebevoller Zuwendung, aber ohne erkennbaren Rhythmus kümmert sie sich um Bettwäsche und Holzmöbel, wenn Pierre im Norden ist, ihr Sinn für Ästhetik steht weit neben dem urban geprägten Stil des Hausherrn, was zu schweigenden Unstimmigkeiten führt. Unausgesprochen bleibt vieles, die Gäste bewegen sich in einem Feld der Regeln, die wie geheime Übereinkünfte erraten werden müssen oder von Gast zu Gast weitergegeben werden. In manchen Sommern faulen die Zwetschgen im ungemähten Gras, um ein Jahr danach zu unübersichtlichen Mengen Konfitüre verarbeitet und in Kofferräume verpackt zu werden, manche Gäste nutzen ein Beet Bohnen für eine einzige Mahlzeit und werfen noch am Tag ihrer Abreise Gemüsereste und Plastiktüten in denselben Abfalleimer; andere legen die abgezogene Bettwäsche sorgfältig gebündelt neben die Waschmaschine und fragen viel. Vorteile haben Gäste, die nicht zum ersten Mal angereist oder auf besondere Weise mit dem Besitzer verbunden sind, manche suchen seine Gunst, andere verbringen ihre Ferientage unbeeindruckt von den zeitweise verzwickten Konstellationen unter dem lockeren Mantel der sommerlichen Entspannung. Odile führt ihr eigenes französisches Leben, einmal im Jahr kommt ihre Tochter mit ihren Freundinnen und manchmal ihr hagerer, gebeugter Vater mit seinem fahlgelben Hund, er bezieht immer das gleiche Zimmer, fährt mittags mit dem Hund ins Dorf, um seine Hemden zum Waschen und Bügeln zu bringen und im einzigen Restaurant den Plat du Jour mit einem Glas Rotwein zu verspeisen. Den Rest des Tages verbringt er im abgewetzten Salon vor dem Fernseher, schaut die Tour de France oder eine andere Sportveranstaltung und raucht dabei pausenlos Zigaretten, so dass die Luft gegen Abend grau davon ist. Er unterhält sich mit Pierre oder einem Gast, mit unaufdringlichem Humor und in einem gewählten Französisch. Odile, die immer ein strahlendes Lächeln bereit hat und offene Konflikte verabscheut, wird täglich verstimmter, bis ihr Vater abreist und die Herzlichkeit, die ihr Gesicht einnimmt, sobald sie aus ihrer Wohnung kommt, wieder echt ist.

Wir tragen Marie hinein, Odile flüstert es, sie kniet noch immer neben Franz. Ich habe ihren

Herzschlag noch gehört, de très loin, son cœur, Franz dreht sein Gesicht zu Odile, wie in Trance, Pierre greift nach seiner Hand, zieht ihn hoch, wann kommt endlich der Arzt. Der halbleere Salon mit dem Klavier, da braucht es keine Worte, an der Wand Gitarren, eine Mandoline, beim Fenster ein wuchtiger Sessel, der Bezug abgenutzt, nebenan liegt das Schlafzimmer von Franz und Marie, das Zimmer mit den Jagdhunden und Mondbahnen an der Wand. Pierre und Dorothea schieben die Sofaliege in die Zimmermitte, Franz holt einen baumwollenen Bettüberwurf aus dem Wäscheschrank, Odile bleibt bei Marie. Marie hochheben, Pierre fasst unter ihre Schultern, Odile hält sie an den Knöcheln, sehr vorsichtig, sehr behutsam, es könnte, was könnte. Dorothea schiebt das Kissen unter Maries Kopf, den sie stützt, während sie mitläuft, dessen Gewicht sie nicht bemessen kann, es sind nur wenige Meter, Franz geht nebenher, hält Maries Hand, den Blick starr in ihr Gesicht gerichtet. Etwas bewegt sich in Maries Innern, ein Blubbern, Gluckern, als würde etwas sich lösen, den Zusammenhalt aufgeben. Marie ablegen, die Arme dem Körper entlang, wie biegsam sie sind. Odile dreht die

Handflächen nach unten, sehr sorgfältig, dann zieht sie Marie das verrutschte Kleid über die Knie; Franz ist in den Sessel gerutscht, lautlos hineingefallen, er drückt die Augen zu und öffnet sie wieder, mehrmals, als wolle er Feuchtigkeit hineinpressen. Ein kurzes Zucken in Odiles Hand, Pierre hebt den Kopf, wachsam, Dorothea hält inne, zwingt sich, nicht hinzusehen zu Franz; den Raum füllt ein dickflüssiges, fassungsloses Vakuum. Später wird sie sich fragen, warum wir uns Verzweiflung vorstellen, geschrien, geschluchzt, hemmungslos. Pierre schließt die Holzläden im Salon mit dem Klavier und dem offenen Cheminée aus gesprenkeltem Marmor, Dorothea räumt herumliegende Decken und Notenblätter zusammen und trägt sie hinaus, Pierre schraubt einige Glühbirnen aus dem Kronleuchter, so dass gelbliches Halbdunkel das Zimmer erfüllt, durchquert vom blendenden Tageslicht, das in schmalen Streifen durch die Ritzen in den Läden fällt. Dorothea bringt Stühle, Odile bringt Hortensien, rosarote, üppige Blütendolden, und legt sie auf Maries Körper und um sie herum, auch die weißen Knospen der Kletterrosen. Eine Partitur der beherrschten Schritte, des knirschenden Holzes, von Händen auf Stoff. Geschäftigkeit unter einer Kuppel der Verlangsamung, eine wortlose Mechanik der ohne Zögern ausgeführten Handgriffe. Dorothea wird sich an eine scharf geschnitzte Klarheit erinnern, sie wird es als Privileg erinnern, Teil eines außergewöhnlichen Geschehens zu sein, das ihr eine Rolle als handelnde Zuschauerin gibt. Odile schließt auch die Fensterscheiben, den Raum abkapseln, Geräusche aussperren, Insekten und die Hitze. Der Sommer dörrt alles aus, nur im Hof, über den die Pompiers jetzt ins Haus kommen, mit dem Arzt aus dem nahen Dorf, im Hof bleibt es kühl und schattig.

In einem vollgepackten Volvo sind Dorothea und Mauro vor bald zwei Wochen angereist, Dorothea ausgelaugt von den endlosen Kilometern Autobahn, Mauro gut gelaunt, er kann nicht fahren und hat Behälter mit belegten Brötchen und Apfelschnitzen herumgereicht, Dorothea die Wasserflasche hingehalten, die Streitereien um die Wahl von Musik und Märchen geschlichtet. Der Aufenthalt neigt sich dem Ende zu, Dorothea liest viel, nach den großen Ferien wird sie ein kleines Lehrpensum an einer Kunstschule antreten, nur wenige Lektionen, sie ist aufgeregt und unsicher, ob ihr Wissen aus der Galerie, die sie seit kurzem leitet, und aus dem Studium reichen wird. Mauro repariert die Baumhütte im Labyrinthgarten und erkundet die nahen Waldränder, er läuft die äußersten Furchen der Äcker ab, streift durch Ginstergestrüpp und meterhohes Gras, oft begleiten ihn Kinder, sie stapfen mit ihm in die sumpfigen Löcher der Kuhpfade, schlagen sich durch wucherndes Unterholz, wenn sie es nicht vorziehen, in Pierres Atelier vor einem Trickfilm zu balgen. Die Zwillinge waren eine Überraschung. Dorothea und Mauro wollten beide nicht wissen, welches Geschlecht das zu erwartende Kind haben würde, erst als die Schwangerschaft fortgeschritten war, bereitete sie der Arzt auf die Geburt von Zwillingen vor. An einer ausgeglichenen Betreuungszeit hält Dorothea eisern fest, seit Rosa und Emil, in dieser Reihenfolge, auf der Welt sind, und trotz der Arbeit, die Dorothea zunehmend über den Kopf wächst; Mauro könnte einspringen, unregelmäßig, aber häufig, zwischen seinen Catering-Projekten bleibt viel Zeit. Mit Stephan und

Lara, Pierre hat die beiden vor ein paar Tagen am Bahnhof abgeholt, hat sich ein unkompliziertes Nebeneinander eingespielt, aus Mahlzeiten, Zuständigkeiten; Gian schließt sich den um einige Jahre älteren Kindern fast immer an, und in den Lücken elterlicher Regeln schwärmen sie zu viert umher, in einem Rausch aus ungewohnter Bewegungsfreiheit und gelockerten Prinzipien. Dorothea und Stephan würden die Kinder mit Broten und Kakao versorgen, so haben sie es gestern ausgemacht, als sie leicht schwankend die letzte leere Weinflasche und die Gläser in die Küche trugen; die Kinder still halten auf der Terrasse, um Pierre, der mit offenem Fenster hinter den angelehnten Holzläden schläft, nicht aufzuwecken. Noch lange hat Marie mit ihnen um die flackernden Kerzen gesessen, sie hat schallend gelacht und sich die Locken mit einer etwas gezierten Geste, so jedenfalls beschreibt es Dorothea nachträglich, hinter die Ohren geschoben, Marie hat einiges getrunken und es sichtbar genossen zu diskutieren, zu witzeln, Dorothea zu befragen, ihr Leben zwischen Berufstätigkeit und Familie zu verhandeln. Sie hört aufmerksam zu, um dann unvermittelt eine Frage zu stellen, präzise und ohne Wertungen mitschwingen zu lassen, Dorothea vermutet Berufserfahrung, Marie ist bei einer Beratungsstelle tätig. Franz hat sich früh zurückgezogen, es hält ihn nicht lange an den abendlichen Tischrunden, eigenbrötlerisch, das Wort beschreibt ihn treffend und festigt sich in Dorotheas Erzählung, eigenbrötlerisch, trotz seines liebenswerten Humors. Um zu lesen, erklärt Franz der Tischrunde, er genieße es, wenn durch die angelehnten Fensterflügel die Klangfarben der Gespräche und des Gelächters hereinebben. Dorothea sieht die zarte Bewegung, das Bild trifft sie erst Tage danach, die Bewegung, mit der Franz Marie an der Schulter berührt hat, als er hinter ihr vorbeigeht, wie er sich leicht zu ihr beugt, ihr zuraunt, à plus tard, Marie ist mitten in einem Satz, sie dreht sich nur halb zu ihm um und streckt den Arm nach ihm aus, Franz fängt ihn kurz ein, gibt ihn gleich wieder frei.

Marie sieht aus, als würde sie schlafen, trotz der Sonnenbräune bleich, wie entleert. Franz hält den Blick gebannt auf ihren fast durchsichtigen Augenlidern, er sitzt neben ihr, mit einer Tasse Kaffee in der Hand, die ihm Odile gebracht hat.

Er bespricht sich mit Pierre, beide mit abgedunkelten Stimmen, was zu tun ist, die Eltern benachrichtigen, Maries Freundin. Odile sitzt am Klavier und spielt schwerelose, verhaltene Melodien, die in der Luft hängen bleiben, einer Luft, die den angebrochenen Ferientag hinter die geschlossenen Fensterscheiben drängt, von weitem hört man die Kinder kreischen. Franz wird sich nicht an eine Melodie, nur an die leichte Verstimmtheit des Klaviers erinnern, die kaum merklichen Abweichungen einzelner Töne erzeugen ein Kratzen in seinem Ohr, ein quälendes Nebengeräusch weit hinten in seinem Bewusstsein, später wird es sich deutlich aus dem verworrenen Nebel dieser ersten Stunde herausschälen. Mit Marie wäre ich alt geworden, sagt Franz. Pierre hat keine Worte, woher käme Trost, er legt Franz die Hand auf den Arm, er streicht Franz über den Kopf, der Trauer gewahr, die ihn nicht trifft. Dorothea brennt die Enden der Kerzen an, billige, weiße Kerzen, zwei Schachteln, die Odile bereitgelegt hat, auf dem Sims des Cheminées, sie sind etwas zu schmal für die Halterung, Dorothea lässt flüssiges Wachs hineintropfen, klebt die Kerzen in die Kandelaber, zündet sie nicht an. Sie rückt die bereitliegenden Ersatzkerzen zurecht, die Schachtel mit den Zündhölzern, und fällt aus der Einheit, in die sie zufällig gespült wurde, eine Einheit mit Odile und Pierre und Franz, eine Einheit um Marie; das Bild entfernen, es hängt über dem Klavier, vor dem abgeblätterten Verputz, ein von Pierre gemaltes Bild, eine apokalyptische Landschaft in gleichzeitig lebhaften und zarten Farben, das Bild stört, Dorothea hat ein Auge dafür, sie wagt es nicht. Sie schiebt noch einmal die Schachteln zurecht, zwischen dem Wunsch mitzutreiben und dem Drang, sich wegzustehlen, unsichtbar zu werden, sie prüft die Stabilität der Kerzen in der Fassung, mehr kann sie nicht beitragen. Niemand nimmt Notiz von ihr, weder Franz noch Pierre noch Odile, als sie aus dem Zimmer schlüpft, zurückfinden in das Treiben eines Ferientages, kann sie das, sie sieht die Pompiers über den Hof kommen, sie weist ihnen den Weg, Bonjour messieurs, par là, s'il vous plaît.

Sie treten ein, zurückhaltend, zwei Männer in Uniform, in hellblauen Hemden, und der Arzt; sie geben jeder Person im Raum die Hand, der

Arzt wendet sich Marie zu. Die Abfolge seiner eingeübten Untersuchungen hat etwas Beruhigendes, Versicherndes, er fühlt den Puls, er setzt ein Stethoskop auf Maries Brust und befühlt mit beiden Händen Maries Kopf, Maries Nacken, er bittet um ein feuchtes Tuch, wäscht die kaum sichtbare Wunde an ihrem Hinterkopf. Der Arzt schaut auf, blickt sich suchend um, Franz erhebt sich. Je suis désolé, was für ein schrecklicher Zufall, so zu fallen, direkt auf den Kopf, der Hinterkopf traf auf das Metall, bevor sie ihre Hände zu Hilfe nehmen konnte, um den völlig überraschenden Fall abzustützen, ein Schädel-Hirn-Trauma mit Todesfolge, je suis désolé. Franz unterschreibt ein Formular, nimmt ein anderes entgegen, nein, sie war gesund, Franz spricht gut Französisch, sie nahm keine Medikamente, jedenfalls nicht regelmäßig, ist das von Bedeutung, jetzt. Die Pompiers fragen, ob sie Marie, den Leichnam mitnehmen sollen ins Spital in der nahe liegenden Kleinstadt. Ins Spital, sie ist tot, warum ins Spital, Franz hat jetzt einen haltlosen Blick. Odile fängt seinen Blick ein, sie soll bei uns bleiben, damit wir Abschied nehmen können, pas vrai, Franz. Im Spital ist sie allein, in einer Kühlschublade, die letzten Worte spricht sie nicht aus. Sie atmet nicht mehr, fährt Odile fort, immer noch Franz im Bann ihres Blickes haltend, als wären nur sie zwei im Raum, aber sie ist noch nicht weit, sie braucht Zeit, sie ist noch da. Pierre fängt ein Gespräch mit den Pompiers an, darüber, was als Nächstes zu tun sei, welche Schritte zu unternehmen sind, um Marie nach Hause zu überführen. Odile geht ihm auf die Nerven, mit ihren Ansichten von Zeit und Raum und Seele, mit ihrer eindringlichen Stimme. Elle reste ici, Franz spricht gedehnt, nachdrücklich, zum Arzt, den zwei Pompiers, gut, sie verabschieden sich, sprechen ihr Beileid aus. Sie hätten nichts für sie tun können, fügt der Arzt hinzu. Alles Weitere übernehmen die Bestatter, die Pompes funèbres, sie sind bestellt, sie werden den Leichnam präparieren. Frische Kleider sollen bereitliegen, die Kleider, die sie tragen wird, Marie, Marie als Tote.

Den schweren Sonnenschirm aus weißem Segeltuch hat am Abend zuvor einer der Gäste zusammengeklappt und von der Terrasse ins Haus getragen, ein Gewitter war angekündigt. Ein Gewitter, das nicht kam, sie sahen die grauschweren Wolken Richtung Berge ziehen, die Abkühlung blieb aus, später stöhnen die Kinder in ihren nassgeschwitzten Betten. Niemand hat daran gedacht, den Plastiktopf über das kantige Rohr des Schirmfußes zu stülpen, eine Vorsichtsmaßnahme, die Odile überaus wichtig ist, die sie als Regel durchgesetzt hat, die jedoch den Gästen nicht genügend vermittelt wird und deshalb zwischen ihr und Pierre immer wieder zu Streitigkeiten führt; eine Maßnahme, die Pierre als übertriebene Besorgtheit abtut, Odiles Hang zur Mütterlichkeit zuschreibt, eine Maßnahme der Kinder wegen, die in der Abenddämmerung mit Wasserpistolen herumspritzen und am Morgen, bevor es zu heiß wird, auf der Terrasse Himmel und Hölle spielen.

Wie manierlich Marie isst, um dann unvermutet ein Salatblatt mit den Händen aus dem Teller zu greifen, eine Kartoffel, eine Handvoll Reis, ein Vergnügen ganz offensichtlich, und wie sie sich die Finger ableckt, ausführlich; Bilder, die sich in Dorotheas Gedächtnis ablegen, die hochhackigen Sandalen, die Marie trägt, wenn sie zum

Aperitif auf die Terrasse kommt, hellrote Sandalen, die sie unter dem Tisch abstreift, kaum setzen sich alle zum Abendessen, und die sie dort vergisst. Dorothea hat die Sandalen beim Frühstück lange betrachtet, während Rosa die Spinnen beschreibt, die haarigen Beine, ja, ich höre dir zu Rosa, die an der Decke ihres Zimmers entlangspazieren. Dorothea stellt sich vor, wie Marie die Riemchen der Sandalen über ihre Knöchel streift, mit einer eingeübten Geste, sich vor dem Spiegel dreht, beiläufig nur, und im Vorbeigehen ihre Waden mustert, im Bad Lippenstift auflegt; sie versucht sich zu erinnern, ob Maries Lippen rot gefärbt waren an manchen Abenden oder ob ihr die Unberechenbarkeit der Erinnerung einen Streich spielt. Dorothea möchte ihre Beobachtungen erörtern, ihre Irritation, als sie mit Mauro unter dem Laken liegt, für mehr ist es zu schwül im Zimmer, auch für eine beiläufige Berührung ihrer Körper; Maries elegante Nachlässigkeit, warum sie sie beschäftigt. Ist es nicht faszinierend, entgegnet Mauro nur, und auch deshalb gräbt sich der Moment ein, in einer Kammer ohne Vergessen, weil Mauro ihren Faden nicht aufnimmt, ihn übersieht. Einfach faszinierend, wiederholt Mauro versonnen und lässt ein Bein über den Bettrand baumeln, wie nah man gänzlich Unbekannten hier kommt, man lernt sich mit voller Tuchfühlung kennen, ohne Umschweife, eine Stimmung wie früher in den großen Wohngemeinschaften; Mauro war gleich begeistert gewesen, als Dorothea von einem Künstler erzählt hat, der ein Schloss besitzt, auf einer Anhöhe, mit Gästezimmern und einer zwanglosen Gemeinschaftsküche, keine Kleinfamilienferien, da kann ich für alle kochen.

Abends finden die Gäste aus den Städten des Nordens auf der Terrasse zusammen, um mit ihren Kindern und in ihrer selten getragenen Sommergarderobe gemeinsam zu essen. Es werden Tische angesetzt, wenn Teller keinen Platz mehr finden, und den Kindern, sobald so viele im Haus sind, dass sie gemeinsam ihre Eltern vergessen, richtet Pierre eine eigene Tischrunde ein, vorn am Geländer. In einem lockeren Gefüge von Vereinbarungen wechseln sich die Feriengäste mit Kochen ab und tätigen die Einkäufe, hin und wieder trägt Pierre Schüsseln mit Couscous und Platten voller Mergués auf die Terrasse, um die

Küche dann wieder den Gästen zu überlassen. Die Gespräche an der langen Tafel schwappen von Beobachtungen, die man auf der Kanufahrt und in der Boulangerie gemacht hat, zu den eigenen künstlerischen Projekten, zu Erfahrungen mit Krippen und Schulen; fast immer finden sich gemeinsame Bekannte, die gerade eine Bar eröffnet, eine Theaterproduktion abgeschlossen oder eine Stelle an einer Hochschule angetreten haben, fast immer bietet ein Konzert, das sich bisher unbekannte Sommergäste am selben Abend besucht haben, Anlass, sich als Gleichgesinnte zu erkennen. Während die Kinder über die dunkle Wiese stieben und sich ihr ausgelassenes Geschrei zu den ausgeruhten Eltern hinaufwindet, nährt sich die manchmal täglich veränderte, vom Zufall zusammengeworfene Feriengemeinschaft am verführerischen Bühnenbild des ländlichen Sommerabends.

Angelehnt ans metallene Tischbein, an den Behälter für Altpapier, grünes, durchscheinendes Plastik, meine Tasche. Ich hebe sie auf, hänge sie um.

Zwei Schritte Richtung Tür, Stimmengewirr weht

zu mir hoch, Stühle werden über Kies gezogen, Gabeln klirren, Sonne.
Möglicherweise Frühling.
Ich verliere die Verbindung.
Falle auseinander.
Die Schrift an der Wand, die Leuchtstifte neben dem Bildschirm.
Nur wenige Sekunden, dann ist es vorbei.

Dem Linienschiff nachsehen, der Schaumspur auf der Wasserfläche, wenige Tage später, es muss also Sommer gewesen sein, früher Sommer, das Bad noch menschenleer.
Oder Herbst.
Das Seewasser weich auf meiner Haut, unter den Bäumen der Fahrtwind.
Ich kreuze Schienen, eine Baustelle.
Flimmern auf meinen Armen.
Was mich mit der Welt zusammenhält.
Entgleitet.
Die Kontrolle über das Fahrrad verlieren, auf den rauen Asphalt stürzen, überfahren werden, Schwindel.
Ich steige ab, mitten auf der Straße, Autos hupen.

Das vegetative Nervensystem, sagt der Arzt und schreibt mir ein Rezept für Beruhigungsmittel. Arbeiten Sie viel, haben Sie Stress, fragt er. Ist das ein Psychopharmakon, frage ich zurück. Nur für den Notfall, meint mein Arzt, stecken Sie zwei Tabletten ins Portemonnaie. Panikattacken, leichte zwar, das passt gar nicht zu Ihnen.

Ich könnte mich auflösen, aus dem Leben schwinden, einfach umfallen, kein Herz mehr haben, das schlägt. Ich bin nicht vorbereitet.

Vier Jahre. Seit dem Sommer, im Süden Frankreichs, mit Mauro, den Zwillingen.

Wir merkten es erst später.
An jenem Morgen im August wurden wir hinauskatapultiert aus unserer gut eingerichteten Blase, in einen Zustand, der das Unbedachte aussperrt, jeden sorglosen Handgriff, gewaltsam, rücksichtslos.
Jede Handlung bekam ihr eigenes Gewicht, und Schönheit, ja Schönheit, nichts blieb achtlos, in einem einzigen, winzigen Moment, dreht sich alles um.

Als meine Mutter ein Jahr darauf starb, wusste ich um den Ausnahmezustand, dass er verfliegt, zu schnell, und versuchte ihn auszukosten.

Was wissen wir, wo er in die feinsten Fasern drang, der eine Tag im August.
Wo er sich niederließ und eingrub.

Mauro streift sich eilig ein Paar Shorts, ein leichtes Hemd über, nachdem er das Buch endlich weggelegt hat, spürt er einen drängenden Appetit, barfuß geht er über die Holzdielen Richtung Treppe und wundert sich, so still ist es im Haus; er wundert sich, seit er aufgewacht ist, als hätte sich ein Loch in den Morgen gefressen und die bereits gewohnte Geräuschkulisse verschluckt. Im Treppenhaus begegnet er Nick, der ihn fragt, wo Pierre sei, er ist mit ihm für eine Partie Pingpong verabredet, Revanche für die gestrige Niederlage, ob etwa alle zum Baden gefahren seien. Mauro schüttelt verschlafen den Kopf, er braucht einen Kaffee, hinter seiner Stirn schwingt noch das Ende des Kriminalromans. Unten an der Treppe begegnen ihm drei Männer, zwei davon sind in Uniform, Mauro grüßt und blickt ihnen nach, wie sie durch den Hof das Haus verlassen, die Polizei oder die Feuerwehr, vielleicht ist wieder irgendwo ein Kabel gerissen, ein Problem mit der Stromzufuhr. Benommen spaziert Mauro in Richtung Terrasse, er hört die Klaviertöne und streckt den Kopf durch die angelehnte Tür. Sie ist tot, sagt Franz, einfach ausgerutscht und hingefallen. Mauro ist schlagartig wach, sprachlos, weicht einen Schritt zurück Richtung Tür, besinnt sich und fragt leise, kann ich etwas helfen, habt ihr gefrühstückt, überhaupt.

Stephan kann die Kinder nicht länger zwischen den Hecken halten, mit Versteckspiel und Löwen und Tigern. Das unterbrochene Frühstück macht sich bemerkbar, Stephan fühlt sich mit einem Mal ausgelaugt. Die Kinderhorde schwärmt zurück zum Haus, unter den Ermahnungen von Stephan, ruhig zu bleiben, und fällt lärmend in die große, blaugekachelte Küche ein, wo Mauro mit einer Tasse in der Hand den Blick auf die rosafarbenen Blütendolden im Hof heftet; können wir denn gar nichts tun. Die Kinder sind hungrig, sagt Stephan und es klingt wie eine Entschuldigung. Rosa hängt sich an Mauro, greift ins wirre Nest seiner Haare, Mauro schüttelt seine Tochter ab, iss auch noch etwas, wie die andern, sanft schiebt er sie zum Tisch. Und hör auf zu schreien, Gian, herrscht er unvermittelt den Sohn des Hausherrn an, es ist jemand gestorben, begreift ihr das nicht. Manchmal gibt es wichtigere Dinge als eure Nutellabrote, und euer Gezanke, möchte er anfügen, hält sich aber zurück, denn die fröhliche Stimmung der Kindergruppe ist einem verstockten, oder ist es ein betretenes, Schweigen gewichen, als sich alle vier um den runden Tisch setzen und gierig nach den frischen Baguettes greifen. Ist die Frau tot, fragt Emil, sie ist doch nur umgefallen. Stephan schaut Mauro strafend an, er hat die Terrasse verlassen, um mit den Kindern im hintersten, im entferntesten Teil des Parks Verstecken zu spielen, ist damit beschäftigt gewesen, sie zu unterhalten, abzulenken, vier Kinder, von denen nur eines sein eigenes ist, die anderen kennt er kaum; und war es überhaupt ganz sicher, als er die Terrasse verließ, dass sie, Marie, dass es hoffnungslos war, sie war eben noch die Treppe hinaufgekommen. Er hat mit ihr über die Märkte geplaudert, über die Leere der Landschaft, gestern Abend am Terassengeländer, beide mit einem Aperitif in der Hand. Ein schrecklicher Zufall, sagt Mauro zu Emil, er schaut die vier Kinder abwechselnd an, aber schreckliche Zufälle gibt es.

Unschlüssig bleibt Dorothea stehen, nachdem sie den Pompiers die Tür zum Musiksalon geöffnet hat, nicht in die Küche, noch nicht; Stephan wird mit den Kindern aus dem Garten gekommen sein, sie vermeint ihr Plappern zu hören, Trampeln, sie zieht die Tür zu, geräuschlos, lässt sie angelehnt. Auf der Terrasse sammelt sie die Wäsche auf, faltet sie und legt sie zurück in den Wäschekorb, sehr sorgfältig, sehr langsam, der Plastikkorb unversehrt, in seinem grellen Blau, unverschämt unversehrt, die Wäsche duftet nach Sonne, Waschmittel. Das grün und gelb gemusterte Kleid, Marie trug es am Tag, als sie ankam, mit Franz, gegen Abend, und auch die Leinenhose, die zerknittert an Franz hing, vom langen Sitzen hinter dem Steuer auf den klebrigen Polstern, auch die Leinenhose streicht sie glatt und faltet sie, legt sie in den Korb. Marie hat gelächelt, erinnert sich Dorothea jetzt, bevor sie ausgerutscht und nach hinten gefallen ist, über den Wäschekorb hinweg, zu ihr hingelächelt, ein unbeendetes Lächeln, zum Frühstückstisch hin; sie würde sich dazusetzen, nur schnell den Korb in ihr Zimmer tragen, und mit ihr und Stephan Kaffee trinken, sie würde sich die Schlafreste aus den Augen reiben und den Kindern Fragen stellen, wie sie es in den letzten Tagen getan hat, wenn Kinder mit am Tisch sitzen, Fragen nach den Zwergenhütten unter den Platanen, aus Moos und Ästen und Steinen. Dorothea stellt den Korb mit der Wäsche vor die Tür zum Musiksalon, in dem Marie liegt und Franz und Pierre und Odile sitzen, sie hört die geraunten Stimmen durch den Türspalt. Auf der Terrasse schließt Dorothea die Dose mit Kakaopulver, stellt die flüssig gewordene Butter in den Schatten einer Topfpflanze, sie stellt die Teller zusammen, die Tassen ineinander und sieht sich zu, sieht zu, wie sich die Minuten ausbreiten, sie nimmt das Tablett von der Hauswand, stellt es wieder zurück, wie kann sie ihre Hände beschäftigen, möglichst lange beschäftigen, wie kann sie in einem Rhythmus bleiben, der sie weiterträgt, einfach nur weiterträgt. Die Sonne drückt schon, jemand muss den Schirm aufstellen, und der Gedanke ist ein scharfer Stich, den Bruchteil einer Sekunde später.

Von der Terrasse mit Blick gegen Süden, das lange Band der Berggipfel und Hügelketten beschreibt Stufen von Blau, führen zu beiden Seiten ausladende Treppen in den Garten. Die Steinplatten sind verfärbt von Flechten und der Witterung, stellenweise zerbrochen und bei Nässe spiegelglatt. In Tontöpfen wachsen winzige rotgeränderte Blumen und fettblättrige Kakteen, in einem Blechzuber schwimmen Seerosen, eine Kletterrose erreicht das Geländer, versprüht das Leuchten ihrer Blüten. Das Blätterdach der Platane begrenzt auf der einen, ein Saum aus Feigensträuchern und die majestätische Linde auf der anderen Seite die gezackte Linie der Berge. In den hohen Räumen im Erdgeschoss bleibt es kühl und das ganze Jahr über feucht, die wuchtigen Fenster bieten wenig Schutz gegen die Wetterlagen. Davon wissen die Gäste wenig, die im Sommer mit ihren Strandmatten und dicken Büchern das Haus bevölkern, und es würde sie auch nicht weiter beschäftigen. Sie genießen die Kühle, die aus den Mauern dringt, wenn sie von der bleischweren Hitze in die dämmrigen Gänge flüchten und für einen kurzen Moment blind sind.

Die Wohnung von Odile ist dunkel und niedrig, in der Küche steht ein metallener Holzofen und ein grober Tisch, niedrig und massiv, hierhin hat sich Odile mit Franz zurückgezogen, ihn weggezogen aus dem Dämmerlicht, weg von der bewegungslosen Marie; die Tür zur von Tomaten und rankender Kapuzinerkresse überwucherten Holzterrasse steht offen. Franz führt mehrere Telefonate, als Erstes wählt er die Nummer von Maries Eltern, stellt sich die Tonabfolge vor, wie sie in regelmäßigen Abständen durch die Zimmer schrillt, in der Alterswohnung nahe den Bahngeleisen, aus dem Küchenfenster ist zwischen den Wohnblöcken ein Ausschnitt Berggipfel zu sehen, schneebedeckt fast das ganze Jahr über; es ist gut, dass sie einander haben, sagte Marie oft, so habe ich kein solch schlechtes Gewissen, wenn ich sie nicht jede Woche besuche. Wie es passiert ist, wollen sie wissen, warum, wer ist schuld, die Mutter spricht nicht, Franz glaubt sie im Hintergrund weinen zu hören, der Vater fragt, viel und schnell, beinahe überschlägt sich seine brüchige Stimme, Franz legt erschöpft auf. Auch seine Mutter ruft er an, er wird sie auf dem Laufenden halten, es ist erst vor zwei Stunden geschehen oder sind es drei, ein Albtraum, aus dem das Erwachen nicht gelingt, dabei geht er auf Odiles Terrasse hin und her, ein Schlafwandler, befühlt gedankenverloren die Tomaten, riecht an seinen Händen ihre Reife. Als er mit Maries langjähriger Freundin spricht, wird er ruhiger, sie will wissen, warum Marie gefallen ist, ausgerutscht, einfach ausgerutscht, wer als Letztes mit ihr gesprochen hat, wie sie aussieht, und du Franz. Marie ist die Patin von Sabines ältestem Kind, seit der gemeinsamen Schulzeit, und auch als ihre Leben unterschiedliche Richtungen nahmen, sind die zwei Frauen einander verbunden geblieben. Ich komme mit dem nächstmöglichen Flug, Sabine sagt es bestimmt, stellt keine Frage. Ich schaffe das schon, du arbeitest doch, wehrt Franz ab, Sabine geht nicht darauf ein, ich rufe dich an, sobald ich die Ankunftszeit weiß. Franz ist erleichtert, kaum hat er aufgelegt, merkt er es, sehr erleichtert. Auf dem Tisch mit den tiefen Kerben liegen zwei Honigbrote. Odile war immer da, wenn Franz ins Schloss kam, um zu arbeiten, mit einem Auto voller Instrumente, die Zimmer genutzt hat, um mit Tönen und Klängen zu experimentieren. Sie war immer da, mit ihren eigenen brotlosen Musikprojekten, mit ihrer Hingabe an dieses Schloss, das sie beherbergt und ihr wenig zurückgibt. Franz kommt in den späten Herbsttagen, im Dezember, wenn die eigenen Schritte in den Gängen hallen, die Ruhe umfassend ist und keine Kinder an einem hochspringen, kaum haben sie nach zwei Tagen in der Hitze und den ausladenden Räumen jede Scheu abgelegt. Er mag die gemächlicheren Temperaturen, die Tage, die vor dem Ofen ausklingen, in der großen Küche, unter der tiefhängenden Lampe liegt schwer der Zigarettenrauch, vermischt mit dem Geruch nach Holzspänen. Sobald auch Pierre abgereist ist und das Haupthaus leer und ausgestorben liegt, die Außentemperatur in die Gänge und die unbewohnten Gästezimmer schleicht wie ein nasses Tuch, sitzt er mit Odile in ihrer überheizten Küche. Diese Vertrautheit gibt Franz jetzt einen schwerelosen Halt, er rollt sich ein in Odiles Stimme, die fragt, welche Kleider, noch einen Kaffee, erzähl mir von Marie.

Nick findet Pierre nicht, zur verabredeten Pingpong-Partie, ungewohnte Stille, als er sich aus seinem Zimmer schält, den Gang entlang zur Toilette tappt, in der leeren Küche trinkt er ein Glas Milch; Nick ist es gewohnt, sich quer zum Ferienrhythmus des Hauses zu bewegen, nach dem Aufstehen Menschen zu begegnen, die Sätze formulieren und Fragen stellen, und zögert den Moment hinaus, die karierte Bettdecke zu verlassen, das karg eingerichtete Zimmer, sieht zu, wie der Morgen wandert, der Sonnenstreifen am Fensterrahmen, an der Wand, wenn das Licht die Kleiderbündel am Boden berührt, weiß Nick, werden die Kinder zum Mittagessen gerufen. Fast immer setzt er sich dazu, mit einer großen Schale Flocken und Milch, und lässt sie reden, wild durcheinanderreden, Rosa und Emil, Gian und Lara, vom gekonntesten Torschuss, dem gewagtesten Versteck. Heute hat er sich nicht nochmals umgedreht, das Rennrad, das vor der Werkstatt liegt, treibt ihn aus dem Bett, die zu ersetzenden Zahnräder, die Fahrt über die Hügel, wenn das Tempo es zulässt mit beiden Händen in der Luft. Nick durchquert den Hof, erhascht das Fahrrad im Gras, wendet sich Richtung

Tor, er wird zuerst Pierre suchen, Pierre könnte draußen am Jeep rumflicken, und die Partie einfordern, weniger um die gestrige Niederlage wettzumachen, als um die Stille abzuschütteln, die Stille verwirrt ihn. Mit Pierre verbindet ihn das Schweigen, ein Schweigen, das ihm erwachsen vorkommt und männlich, er hilft ihm Bodenplatten ersetzen, Zäune ausbessern und Äste abladen, für Kost und Logis, und Französisch soll er lernen, an einem Ort, an dem alle Deutsch sprechen, außer Odile, die sich als Einzige Mühe gibt, ihm auf Französisch Wörter umschreibt, erklärt, viel davon versteht er nicht, aber es ist ihm egal. Seine Mutter hat vor Jahrzehnten einen Sommer hier verbracht, oder zwei, der Ort ist schön und Pierre wirft ihm hin und wieder ein paar französische Sätze zu. Pierre ist nicht auffindbar, aus der Küche dringt Lärm, als er unentschlossen im Entrée steht, Nick setzt sich in die Kinderrunde und verdrückt mehrere Stücke Baguette mit Zwetschgenmarmelade. Die Frau ist tot, richtig tot, sagt Rosa und schaut ihn herausfordernd an, blickt zu ihm hoch, einfach umgefallen. Welche Frau, Nick lässt die Hand mit der Brotschnitte sinken, einen Moment ist es ganz still, ein Fuß streicht über den Boden. Marie, hört er Mauro sagen, Marie ist tödlich gestürzt, ein Unfall. Warum schauen ihn alle an, Nicks Stuhl kippt nach hinten, als er ruckartig aufsteht, zur Toilette, murmelt er undeutlich und stolpert zur Tür. Im Entrée bewegt er sich flüchtig um den Billardtisch, führt ein Queue, lässt zwei Kugeln aneinanderklatschen, blickt in sein Mobiltelefon, Handlungen, die ohne Anfang und Ende in den Minuten baumeln. Er möchte unsichtbar sein, aber in seinem Zimmer ginge er ganz vergessen. Als die Kinder, die nun aus der Küche geströmt kommen, ihm eine Kugel zuspielen, Gian ein zweites Queue packt und damit herumfuchtelt, spielt er mit, halbherzig, bis sie wieder von ihm ablassen, als gehöre er zum Mobiliar.

Die Sonne kriecht gegen Mittag, Pierre steht so, dass sie ihn nicht trifft, am Fenster seines Ateliers und telefoniert, versucht herauszufinden, welches die Abläufe sind, die Möglichkeiten und Regelungen, seine Augen streifen über die Blumenbeete vor der Terrasse, die handtellerförmigen Blätter der Feigensträucher und über die weiter entfernten Wipfel, Laubbäume, Zwetschgenbäume, unten im Tal sind vielleicht die Brombeeren reif, er beobachtet einen Bussard, der über einem Feld kreist. Die Leiche soll in die Schweiz überführt werden, das Konsulat in Marseille ist am Apparat. Franz möchte, dass Marie auch zuhause aufgebahrt wird, für ihre Freunde, die Eltern, da muss Franz keine Sekunde überlegen, sein Begehren kommt knapp und bestimmt, so wie er entschieden hat, dass Marie bleiben soll, hier im Schloss, der schmale Körper im Sommerkleid. Pierre spricht ruhig und konzentriert, fragt, schreibt eine Telefonnummer auf, Gian zieht ungeduldig an seinem Hosenbein, die Pokémon-Episode ist zu Ende; Pierre hat nicht gehört, wie er vom Stuhl gerutscht ist, stumm, mit heruntergezogenen Augenbrauen schaut Gian zu ihm hoch, der Wulst über seinen Augen drückt den Unmut so übertrieben aus, dass Pierre ein Schmunzeln nicht verhindern kann. Er streicht ihm beschwichtigend über den Kopf und legt einen Finger auf seine Lippen, gleich Gian, gleich.

Wieder gehen Dorothea die Handgriffe aus, in den Garten hinuntergehen, zwischen den Hecken umhergehen, eine monotone Arbeit verrichten, jäten oder ein Beet umgraben, sie hat keine Erklärung, warum sie der Begegnung mit den andern ausweicht, warum sie hier einfach steht, seit Minuten reglos steht. Ein Kribbeln kriecht ihren Armen entlang, sehr langsam, als würde die Welt wegrutschen. Sie dreht den Kopf zur Hausmauer, eine unverhältnismäßige Anstrengung, und macht einen Schritt auf das Tablett zu, das dort angelehnt steht, und noch einen, kann das Kribbeln abschütteln, Dorothea stapelt das Frühstücksgeschirr aufs Tablett und trägt es ins Haus. Ach du, wo warst du denn, es klingt, als hätte Mauro ganz vergessen, dass es sie gibt. Dorothea stellt das Tablett auf die Anrichte, sie weicht Mauros Blick aus, seinem fragenden Blick, auch Stephans Blick, in dem sie hinter der blassen Betroffenheit Sensationslust wittert. Ich habe geholfen Marie aufzubahren, sie liegt im Musiksalon. Du hast mich einfach schlafen lassen, sagt Mauro, es war wie in einen kalten See tauchen, warum hast du, sie unterbricht ihn, ich habe nicht daran gedacht; sie merkt erst jetzt, dass sie, nachdem sie vom Frühstückstisch aufgestanden ist, nachdem sie Emil und Rosa versorgt wusste, keine Sekunde mehr an ihre Kinder, an Mauro gedacht hat. Ist es so schlimm, Mauro macht einen Schritt auf sie zu, Dorothea lässt sich in die Arme nehmen, Bartstoppeln, Mauros kantiges Kinn, sie zieht sich zusammen, will verharren in ihrer Einzelheit. Ich glaube, wir sollten alle einen Ausflug machen, das ist Stephans zögerlicher Vorschlag. Papa, Lara stürmt in die Küche, Empörung in der erhobenen Stimme, Rosa will immer die Schönheitsfrau sein und ich muss mich behandeln lassen. Das ist so langweilig. Die Empörung weicht einem weinerlichen Tonfall, ich möchte auch Cremen mischen. Ich komme mit dir, reagiert Dorothea auf Stephans gequältes Schnauben und folgt Lara in den Hof, wo die beiden Mädchen seit mehreren Tagen ein Schönheitsstudio eingerichtet haben. Rosa ist damit beschäftigt, zwischen drei Liegestühlen feuchte Waschlappen, Frottiertücher und Schälchen mit Flüssigkeiten zu arrangieren. Wir können doch weiterspielen, fragt sie ihre Mutter, auch wenn die nette Frau gestorben ist. Gestern haben wir ihr noch eine Maske mit Gurken gemacht, meinst du, das macht ihre Haut auch schöner, wenn sie tot ist. Dorothea weiß es nicht, ich weiß es nicht, sagt sie zu Rosa, und aus einer jähen Eingebung: Möchtet ihr sie sehen.

Das Haus aus hellem Sandstein ist symmetrisch gebaut, zu beiden Seiten überragt ein quadratischer Turm den zweistöckigen Haupttrakt. Blau gestrichene Läden bestimmen die Fassade und eine leichte Biegung, ein kaum wahrnehmbarer stumpfer Winkel. Davor spannt sich die weitläufige Terrasse, thront über der Wiese, wo Liegestühle, Bälle und Badetücher achtlos verstreut sind, in manchen Sommern ein aufblasbares Schwimmbecken steht; an ihren Rändern verliert sich die Grasfläche in Sträuchern und Gebüsch, bevor das Gelände abfällt, in Weiden übergeht und einen Obsthain. Eine verblichene Fotografie hängt im Entrée, nachlässig an der Wand befestigt, eine zentrale Treppe schwang sich damals hinunter, Mauro kann sich vorstellen, wie auf dem Kies ein Pferdegespann zum Stehen kam, da, wo heute ein Liegestuhl im Gras steht, während sich die Gastgeber oben an der Treppe zum Empfang gerade hielten. Als Dorothea das Auto die

Auffahrt hinaufsteuerte, die sie beinahe verpasst hätte, im letzten Moment hat Mauro die ausrangierte Telefonkabine am Straßenrand bemerkt, die ihnen Pierre als Wegmarke angegeben hat; als der Wagen in die Auffahrt biegt, auf einen asphaltierten Vorplatz, sticht Mauro als Erstes ein rostiger Jeep ins Auge, und erst dann die geparkten Autos, mit teils französischen, teils Schweizer Nummernschildern. Durch das große Holztor hat er den Hof betreten, die Kleider kleben ihm von der langen Fahrt an der feuchten Haut, der Rollkoffer scheppert über die Steinplatten, und die grüne Kühle fängt ihn augenblicklich ein, er hält inne und hebt die Nasenflügel, sehr genau erinnert er sich später an die Empfindung, ein flüchtiges Paradies einzuatmen. Im düsteren Eingang mit dem Billardtisch nimmt Mauro das einfache geometrische Muster der Bodenkacheln wahr, als er seinen Rucksack darauf abstellt, seine Tochter zieht ihn weiter, durch die Glastür den weißgetünchten Gang entlang auf die Terrasse hinaus und ans Geländer, wo er stehenbleibt und ihm, von der Weite der Landschaft überwältigt, ein bewundernder Laut entfährt. Pierre, der ihm vorausgegangen ist, kennt sie in unzähligen

Schattierungen, die langgezogenen Seufzer, die den Neuankömmlingen entweichen und die Befriedigung ausdrücken, hier gelandet zu sein, an einem derart erhabenen und malerischen Ort, verführerisch unwirklich und gleichzeitig auf keine Weise fremd.

Sie war nicht der Romantik wegen gekommen, Odile suchte eine billige Unterkunft, als sie mit Pierre ins Gespräch kam, an einem der kleinen Musikfestivals, die im Sommer auf den Äckern stattfinden, selbst gebrautes Bier an handbemalten Theken, das Publikum kommt mit klapprigen Bussen und Rastazöpfen aus den Bergen angefahren. Das Schloss hatte sie sogleich eingenommen, als Odile kurz darauf die zu mietende Wohnung besichtigte, hier konnte sie ungestört üben, hier konnte sie einen Gemüsegarten anlegen und Freunde beherbergen, auch ihre Tochter und ihren Vater, das Sozialgeld würde reichen, um die Miete zu bezahlen. Dass sie oft allein sein würde in dem weitläufigen Haus, schreckte Odile nur einen Augenblick lang, dann sagte sie zu. Franz erklärte sie, mit einem zwinkernden Schalk, auf seine Frage, ob sie sich nie fürchte, vor den Geräuschen, die der Sturmwind, die kleinen Tiere in den Dielen, vor den Geräuschen, die ungeklärt blieben; wenn die Leute fragen, und alle fragen, dann entgegne ich immer, sagte Odile zu Franz, dass schwer einzuschätzen ist von außen, ob und wie viele Leute im Haus sind, ein Einbrecher würde sich schnell verirren, ich kenne jeden Winkel. Ich habe sie einfach verbannt, diese Ängste zumindest, hatte sie scherzend angefügt. Odile übt tagelang auf ihrer Geige oder am Klavier, das sich nicht mehr richtig stimmen lässt, im Winter mit Fingerhandschuhen, ihre Wohnung ist feucht und die Öfen nur schwer zu regulieren. Odile klagt nicht, das widerspricht ihrer Lebensphilosophie, wenn sie leise unter der Dusche weint am Silvesterabend, erscheint sie kurze Zeit darauf mit einem strahlenden Lächeln in der großen Küche, nicht einmal Franz würde an ihrer Unbeschwertheit zweifeln. Die Wintermonate verbringt Odile wenn irgend möglich unterwegs, auf Tournee mit ihrer Band, wenn sie zurückkommt, ist sie vergnügt, angefüllt mit den Eindrücken aus den Städten, den Menschen, die sie kennengelernt hat, den Möglichkeiten, die überall blinken und sie euphorisch kichern lassen, wenn sie davon berichtet.

Nicks Schultern sinken erleichtert nach unten, als Stephan ihn fragt, ob er mitkäme zum Schwimmen, an den See in der Nähe, ein Stausee mit einem kleinen Strand, fettigen Fritten und unter den Bäumen verstreuten Grüppchen von Dorfjugendlichen. Treffpunkt draußen auf dem Parkplatz in einer halben Stunde. Seine Frau hat nach dem Jugendlichen gefragt, wie heißt er noch, und nach den anderen im Haus, Maries Partner; als Stephan ihre Nummer wählt, kaum hat er eine freie Minute, hat Dorothea sich der quengelnden Lara angenommen. Beinahe vergisst er nach dem Befinden ihres Vaters zu fragen, der im Krankenhaus liegt und der Grund ist, dass er und Lara allein zum Bahnhof gefahren sind. Zuerst hat es Stephan abgelehnt, eines der Zimmer in Pierres Schloss zu mieten, die unvorhersehbare Zusammensetzung der Gäste, das gemeinschaftliche Haushalten, dann hat er nachgegeben. Er mag Pierre, den er auf einer Vernissage kennengelernt hat, seine Frau, die Pierre in einem Yogakurs begegnet ist, hat ihn überreden können, mitzugehen, seither ist Stephan ein Bewunderer von Pierres Bildern, er besucht Pierre in seinem Atelier, lässt sich Farbpigmente erklären, Pinselhaare, über die Inhalte der Bilder sprechen sie nur wenig. Eine groteske Strandszene hängt in Stephans Kanzlei, fängt seinen Blick, jedes Mal, wenn er ihn vom Bildschirm löst, sich mit dem Drehstuhl von der Tischkante abstößt; von den Klienten, die ihm gegenübersitzen, versucht sich Stephan zu merken, welche Fläche sie verdecken, an welcher Stelle der Frauenarm hinter ihrem Kopf hervorragt. Laras Mutter würde nachkommen, er hatte einen Abend mit seiner Tochter am Mittelmeer verbracht, unter den gestreiften Balustraden Meeresfrüchte gegessen, beim Anblick der aufgereihten Restaurants auf die Qualität des Essens zu schließen war unmöglich und zermürbte ihn, in der Nacht im reservierten Hotelzimmer hatte er überraschend tief geschlafen. Stephan hasst Gruppenausflüge, immer wartet man auf jemanden, immer hat jemand im letzten Moment etwas vergessen, den aufblasbaren Wasserball, ohne den eines der Kinder vor Enttäuschung plärren wird, die Schwimmflossen, die Sonnenbrille, jetzt ist er erleichtert, dass er etwas zu tun hat, alle zusammentrommeln, Früchte und Getränke einpacken, die Luftmatratze schon mal aufblasen. Ein feiner Aufruhr schwingt durchs Treppenhaus und in die Zimmer, wo die Badetaschen liegen, wie eine Brise, die an den Gewichten ruckelt und die gedämpften Stimmen hochhebt. Ein Ausschnitt Ferienalltag am Horizont, nur die Kinder befinden sich mit ihren Gedanken an der gleichen Stelle wie ihre windigen und wachsenden Körper. In der Küche holt Stephan gekühlte Wasserflaschen, sieht, wie Dorothea das Frühstücksgeschirr in die Maschine räumt, mechanisch greift sie nach Tassen und Gläsern, schwerfällig, sie wird allen die kurze Ablenkung am See verderben, Stephan verspürt Ungeduld. Er wuchtet die Flaschen ins Auto, draußen auf dem asphaltierten Vorplatz, Mauro und Nick klappen die zusätzlichen Sitze hoch, sie werden auch Gian mitnehmen, Pierre wird mit Franz und Odile zur Präfektur fahren, zum Bestattungsunternehmen, er bittet Stephan, Sabine abzuholen, falls sie nicht rechtzeitig zurück sind. Und wer bleibt bei Marie, fragt auf einmal Mauro, oder ist das, der Satz bleibt in der Luft stehen, unbeendet. Ich bleibe hier, erklärt

Dorothea entschieden, bevor sich eine Diskussion darüber aufspannt, ob das nötig sei, eine Diskussion, die nicht geführt werden kann, dafür ist es zu heiß, sind die Kinder zu unruhig.

Odile hat im Salon, wo Marie liegt, gleich nachdem ihn der Arzt mit den Pompiers verlassen hat, einen Ventilator in Betrieb gesetzt, den einzigen, den es gibt im Haus. Nun prüft sie, ob die Luft genügend zirkuliert, ob sich die Hitze nicht staut über Marie, trotz der geschlossenen Läden und Fensterscheiben. Dorothea bleibt hier, Marie soll nicht allein bleiben, sagt Odile zu Franz, ich begleite dich auf dem Gang in die Außenwelt, Franz hört ihre Sätze wie etwas, das ihn nicht meint. Franz ist zurückgefallen in eine Abwesenheit, wie eine Puppe, in eine Trance ohne Rausch, die Minuten von seinem Aufwachen bis zu Maries Sturz wird er immer wieder durchspielen, durchgehen in Gedanken, minutiös, die knappe Stunde, die wie ein Schnitt sein Leben durchtrennt; die Frage wird in seinem Kopf kreisen, in endlosen Schlaufen, wenn er richtig wach gewesen wäre, hätte er sie zurückgehalten. Marie war oft ungeschickt am Morgen, verschlafen, die

Wäsche hätte warten können, hätte er es verhindern können, müßige Kreise in seinem Kopf, es wird lange dauern, sehr lange, bis es Tage gibt, an denen er es nicht mehr tut. Die Stunden danach, wie Szenen aus einem Film, ohne Bedeutung, die verblassen, unweigerlich, ganz langsam verblassen, ein Stück, von dem er ganze Passagen vergisst, wer noch im Haus war, was gesprochen wurde, ob er aß, trank, wie die Büros aussahen, die Orte, an denen sie aus dem klimatisierten Auto stiegen, davon weiß er später nichts mehr, eine blanke Landschaft in seinem Kopf; nur das Mädchen tritt daraus hervor, gestochen scharf mit dunklen Zöpfen und einem breiten Gesicht, als er aus Odiles Küche in den Hof tritt, steht da das Mädchen mit einer Tasse in der Hand, in der durchsichtigen Flüssigkeit schwimmen Blättchen, er denkt an Petersilie, sie schaut zu ihm hoch, ein bisschen besorgt sieht sie aus und fragt: Möchtest du eine Gesichtsmassage?

Die Auffahrt, die sich in einer Kurve zum Haus hochwindet, führt zuerst am Friedhof vorbei, dem Friedhof der Gemeinde, zu der auch das Schloss gehört, und ein Dorf, nur ein paar zusammengewürfelte Häuser und in den Hügeln verstreute Höfe und Anwesen, 54 stimmberechtige Mitglieder, erklärt Odile stolz, und weniger stolz, davon haben 25 Front national gewählt bei den letzten Wahlen. Den Friedhof umgibt eine hohe Steinmauer, zu hoch, um mehr zu sehen als die drei schlanken, in den Himmel ragenden Zypressen mit ihren zerfransten Spitzen. Das Gittertor ist nur scheinbar verschlossen, mit einer um die Eisenstäbe gelegten Metallkette, selten steht ein Auto vor dem Tor, und ein wackliges Paar verschwindet im Friedhof, dann werden die Kinder, die vielleicht gerade Fußbälle an die Friedhofsmauer und zurück ans Holztor knallen, zur Ruhe angehalten, bis der schlurfende Mann und die gebückte Frau wieder weggefahren sind. Mauro hat es gestern erkundet, das kleine Geviert, wie es fast alle Gäste während ihres Aufenthalts einmal tun, er ist mit Emil und Nick über die Gräber gesprungen, wuchtige, da und dort verschobene Steinquader mit verwaschenen Plastikblumensträußen und zerbrochenen Vasen, ovalen Fotografien, eingefasst in Metallschnörkel, aus Porzellan imitierte Bücher mit Widmungen, à notre voisine, mon amie, ma tante. Lies die Namen vor, hat Mauro Nick aufgefordert, du sollst doch Französisch lernen, aber akzentfrei bitte. Sie sind die wenigen Reihen abgelaufen, Nick hat die Namen abgelesen, Mauro hat ihn korrigiert, manche Namen wussten beide nicht auszusprechen, irgendwann konnten sie sich kaum mehr halten vor Lachen, derart verhedderten sie sich in den Nuancen der Vokale. Emil versuchte auf die Grabmäler zu klettern, bis Mauro genug davon hatte, ihn davon abzuhalten, und sie über den brennenden Asphalt zurück ins Haus gingen. Wie eine Kulisse ohne Gegenwart, sinniert Mauro auf dem Beifahrersitz, alle haben sich abfahrtbereit auf dem Parkplatz versammelt, Mauro hat sich neben Stephan ins Auto gesetzt, wie er es sonst bei Dorothea tut; wie eine Kulisse, Gebeine unter den Steinplatten, zerfurcht gestorben in entfernten Jahrzehnten, Mauro kann sich unter den Namen keine Lebenden vorstellen, auf Traktoren, am Dorffest, nicht einmal als Gedankenspiel. In einigen Jahren, wenn er die Vierzig hinter sich gelassen haben wird und die Zwillinge auf dem Weg in ihr eigenes Leben sind, wird Mauro sich auf einmal fragen, ob Marie damals begraben, verstreut, verbrannt worden ist, und erschrocken wird er feststellen, dass ihn weder Marie noch Franz weiter gekümmert hatten, nachdem sie wie eine drohende Gewitterwolke vorübergezogen waren; und ob jener Tag nicht den Anfang bezeichnet, den Anfang der langsamen Entfremdung zwischen ihm und Dorothea. Lara ist nochmals zurück ins Haus gerannt, um die neuen Plastiksandalen zu holen, mit denen sie im Wasser über spitze Steine gehen kann, auch wenn am Stausee der Strand mit Sand aufgeschüttet ist. Stephan nimmt erschöpft die Hände vom heißen Plastik des Steuerrades, Nick und Gian haben den Kampf um die Zusatzsitze gewonnen, mit Blick durch die Rückscheibe, Lara und die Zwillinge schwitzen, angeschnallt in ihren Sitzen, ein Wagen mit der Aufschrift Pompes funèbres kommt die Auffahrt hoch.

Ein Mann und eine Frau mit einem Lederköfferchen, sie schließen die Tür hinter sich, Franz bleibt im grün schattierten Hof zurück, unter den zwei Sophorabäumen, die das Viereck überspannen und deren weiße Blüten von den Ästen schweben, Odile hat ihn abgehalten, mit hineinzugehen. Franz hat die Leinenhose bereitgelegt und die Bluse mit den folkloristischen Rändchen, die Marie so gut steht, die er so liebt an ihr, liebte; Marie hatte die Bluse gleich anbehalten, als sie aus der Umkleidekabine kam, in der nahen französischen Stadt am Fluss, die Bluse hatte etwas an Marie hervorgehoben, als sie aus dem muffigen Secondhandladen in die Nachmittagssonne traten, etwas, das er nicht kannte, und einen Augenblick lang, nur einen Wimpernschlag lang, sah Franz einer ihm fremden Frau in die Augen. Vor den Hortensienbüschen, den rosafarbenen Blütenkugeln geht Franz auf und ab, tritt beinahe auf eines der Schälchen im Gras, setzt sich auf einen der Liegestühle; die Leichenstarre, wann tritt sie ein, wie lange bleibt sie. Die Forellen, die sie auf dem Markt gekauft haben, vor drei Tagen, Marie und er, sie sind ganz steif, als Franz die Fische am Abend aus dem Porzellan hebt, die glitschigen Körper haben die Rundung der Schale angenommen. Der Händler hat sie mit einem knappen, präzisen Schlag auf den Kopf getötet, in der großen Küche hat Marie sie ausgenommen, mit aufmerksamem Ernst, sie unter einer Plastikfolie in den Kühlschrank gelegt. Bei uns auf dem Markt sind die Fische immer biegsam, hat Franz erstaunt bemerkt und Marie fragend angesehen, somit gar nie so frisch. Wie lange sind die Bestatter schon da drin, bei Marie, wird sie gewaschen, gekämmt, die Locken waren zerzaust, sie hatte noch keine Zeit gehabt, sich zu kämmen, Maries Lockenkopf, wenn Franz morgens die Augen öffnet, zwischen den Kissen nur ihre Locken sieht, der Spalt tut sich wieder auf, tief, feuchte Erde, eiskalte Glut, verschlingt ihn. Odile setzt sich neben ihn, die Bestatter kommen durch den Gang, winken ihn heran, Odile weicht nicht von seiner Seite, gib mir die Hand, sagt sie. Marie liegt unverändert, gerade auf dem Rücken, ihr Gesicht ist gläserner geworden, durchsichtiger. Elle est très belle, raunt Franz Odile zu, sie hat so gern gelebt, der Gedanke presst seinen Kopf auseinander. Die Frau drückt Franz ein Bündel Stoff in die Hand, Maries Sommerkleid, il faut le jeter. Als die Bestatter mit ihrem Köfferchen weggefahren sind, bittet Franz Odile das Kleid zu waschen, später wird er sich an den etwas flachen und fremdartigen Geruch erinnern, als er das gelbe Kleid aus der Waschmaschine zieht.

Wenn die Lokomotive nicht genau da gelegen hätte, es ist Emil, der sie nach unten getragen hat, Dorothea spricht zu Pierres Rücken, schaut ihm zu, wie er den Gasherd schrubbt, er hat die Metallgitter in den Abwaschtrog gelegt, schüttet Scheuerpulver auf die Herdfläche. Pierre scheint Dorothea nicht zu hören, konzentriert widmet er sich seiner Arbeit, wie kann er jetzt den Herd putzen, denkt Dorothea. Die Kinder haben sich auf die Kiste gestürzt, eine Kiste wie aus einem Piratenfilm, mit einem gewölbten Deckel und Beschlägen, die sich ablösen, angefüllt mit abgelegten Spielsachen, oben an der Treppe; von der Lokomotive blättert die Farbe, ein Rad steht schräg, Emil hat sie sogleich für sich beansprucht. Gestern Abend auf der Terrasse, spricht Dorothea weiter, sie waren so vertieft in ihr Spiel, alle vier, bis sie nichts mehr sehen konnten im Dämmerlicht, erst dann brachten wir sie dazu hineinzugehen, die Zähne zu putzen, die Lokomotive ist liegengeblieben. Dorothea will, dass Pierre sich umdreht, mit ihr spricht, ist die Frage angebracht, nach Schuld, aus Nachlässigkeit, Pierre scheint ihr die einzige Person, der sie sie stellen kann. Am Abend zuvor hat Emil die Lok noch mit nach oben getragen, wollte sie nicht hergeben, auch zum Schlafen nicht. Ist nicht alles immer eine Folge von Zufällen, Pierre sieht nicht vom Herd auf. Es geht mir einfach durch den Kopf, entgegnet Dorothea, Pierres Gleichmut hilft nicht, es ist passiert, vielleicht ist die Frage müßig, ein Zufall, aber wir, was ist mit uns; und ist es nicht Pierre, der als Hausherr darum hätte besorgt sein müssen, den Plastiktopf über das Metallrohr des Schirmständers zu stülpen. Vielleicht wäre Marie nur verletzt, im Spital. Ich glaube, die Bestatter sind wieder weg, sagt sie nur und geht aus der Küche. Nach dem Tod ihrer Mutter wird sie den Beamten vom Bestattungsamt ausfragen, nach den Gepflogenheiten und Handlungen für eine Aufbahrung, sachlich, interessiert, und wird erfahren, dass kaum etwas nötig sei, eine gute Luftzirkulation und in der Schweiz sei es üblich, Kühlelemente unter dem Bett zu installieren, so schnell gehe der Zerfall nicht vonstatten, einige Tage sind da kein Problem, hängt natürlich von den Temperaturen ab. Wie sich ihre Geschichte anhöre, sei Marie mumifizert worden, das sei der Ausdruck, man entnehme dem Leichnam über einen Schnitt am Schlüsselbein alle Flüssigkeit und ersetzte sie durch ein chemisches Liquid, der Leichnam bleibe über den natürlichen Zerfallsprozess hinaus ansehnlich, aber das sei in Europa nicht mehr üblich, es sei ihm nicht bekannt, dass es noch Bestatter gäbe, die so etwas ausführen könnten, wo sagen Sie, ist das passiert.

Franz sitzt neben Odile auf dem Rücksitz des klimatisierten Wagens, Pierre hat auf dem Beifahrersitz Platz genommen, neben dem Mann des Bestattungsinstituts, der mit hohem Tempo über die Schnellstraße fährt, auf die Provinzhauptstadt zu; niemand spricht, nur knappe technische Fragen lassen die Umstände zu, draußen rauscht die Landschaft vorbei, schwerelos und traumartig, gelbgebrannte Weiden, von Platanen gesäumte Kieswege, die zu unsichtbaren Herrenhäusern führen, lange Metallarme sprenkeln Wasser in die Maisfelder, die Hitze ist durch die getönten Scheiben greifbar. Kornsilos, billig und schnell gebaute Industriebaracken aus Wellblech fliegen vorbei, dann wieder Feld an Feld, die Stille im Wagen eine undurchdringliche Masse. 48 Stunden haben sie Zeit, um Marie über die Grenze zu bringen, 48 Stunden nach dem festgestellten

Tod muss Maries lebloser Körper das Land verlassen haben, um aufgebahrt bleiben zu dürfen, um nicht endgültig in einem Sarg verschlossen zu werden. Ein Wagen wird Marie abholen, in den frühen Morgenstunden wird er losfahren, er wird die Landesgrenze rechtzeitig erreichen, Franz kann nicht mitfahren, niemand darf mitfahren, der Transport ist eine amtliche Handlung. Eine Minute reiht sich an die andere, Stunde um Stunde rinnt vorbei, an ihm vorbei, Franz sieht sich sprechen, vom unterkühlten Auto durch den Tunnel der lähmenden Hitze gehen, auf die Rückseiten von Bildschirmen starren, auf überquellende Papierstapel; als wäre er ein Anderer und dieser Franz eine Marionette in seinen Händen. Weggesperrt, was ihn ausmacht, ausgehebelt. Odile verhandelt, erklärt, Pierre übersetzt die amtlichen Ausdrücke, holt die Entscheidungen aus Franz, bleibt dicht neben ihm, seine Stimme verliert nicht für einen einzigen Moment ihren weichen Klang.

Franz sah Marie lange an, es war Herbst und sie saßen in einem Straßencafé, Marie hatte sich neben Franz auf einen der Gartenstühle gesetzt, als sie kurz nach ihm ankam, beide hatten den aufgeräumten Platz im Blick, den Abendverkehr und die gelblaubigen Bäume; sie wollte nichts erklären am Telefon, ob sie sich treffen könnten, jetzt, im Stadtzentrum, ein ungewöhnlich warmer Frühabend im Oktober wärmte ihnen Haare und Stirn. Marie beugte sich zu Franz, sie raunte in sein Ohr, ohne ihn dabei zu berühren, nur ein hauchdünnes Kitzeln an seinem Ohrläppchen, wollen wir nicht endlich heiraten. Franz erinnert sich, dass er erst wenige Tage zuvor vom Schloss zurückgekommen war, zufrieden über die fortgeschrittene Arbeit und die hastlosen Tage. Marie und er hatten sich oft gestritten vor seiner Abreise, warum sie sich stritten, weiß er genau, Marie wollte gemeinsame Ferien mit seinem Aufenthalt verknüpfen, endlich einmal wieder ziellos durchs Land fahren, mit ihm, aber Franz hatte keine Zeit. Er brauchte Raum für seine Arbeit, für seine Instrumente, sonst würde er die Termine nicht einhalten können, er würde allein in die Hügel schauen, Zeit mit Pierre und Odile verbringen; und warum jetzt, unverzichtbare Tage, bevor das Wasser zu kalt zum Schwimmen wurde, Franz konnte Maries Verletztheit greifen, diese Tage gehörten zu den Gewächsen, die ihre Beziehung zusammenhielten, es tat ihm leid, eine Ausnahme. Und jetzt diese Frage. Ja, sagte Franz, noch wirr vor Überraschung, ja, warum eigentlich nicht.

Ganz eingespannt ist Franz in die Logik der Abläufe, obwohl er wenig begreift, wie durch eine Watteschicht begreift, ohne Odile und Pierre wäre er verloren; er begibt sich in ihre Obhut, ein Ertrinkender, er hätte sich auch Stephan, Dorothea anvertraut, sogar Mauro, irgendjemandem, der ihn führt, sich abgeben, aufgeben, willenlose Materie. Sein Blick ruht auf dem verfärbten Plastik der Besucherstühle, wenn Marie auf einer Wanderung gefallen wäre, nur sie beide, die Vorstellung rinnt wie Eis durch seinen Körper, und wenn Marie allein, er hunderte Kilometer entfernt, gerade ein Konzert gespielt hätte, wenn sie ganz allein, ohne ihn, und die Stunden dazwischen, bis er bei ihr gewesen wäre; es hätte nichts geändert, nicht für Marie, aber er, Franz, wäre er bei Besinnung geblieben, würde er bei Besinnung bleiben. An unsichtbaren Drähten zieht es ihn zurück, gewaltsam, sein gebündeltes

Ich, in das abgedunkelte Zimmer, wo kein Atem Maries Brust hebt, ihre Lider flattern lässt, zieht ihn und lässt ihn zurückschnellen, in den Warteraum der Präfektur, Bewegungen, die er nicht lenkt. Du solltest kein Auto steuern, sagt Pierre neben ihm, der Ferienverkehr wird unerträglich sein, ich kann mit dir zurückfahren. Franz schaut ihn an, den undurchschaubaren Pierre, seit der Trennung von Gians Mutter ist er noch undurchsichtiger geworden, durch Franz flutet Dankbarkeit, Sabine kommt, sie wird fahren. Und als würde ihn diese Überlegung bereits alle Kräfte kosten, fällt er zurück in das wattierte Minenfeld seiner Gedanken.

Trotz der noch nassen Badehose unter den Shorts schwitzt Stephan, als er über den weitläufigen Parkplatz eilt, eine betonierte Fläche, umgeben von Landschaft, Feldern und bewaldeten Hügeln, auf dem Asphalt ein Netz weißer Linien, die Parkplätze markieren, Fahrtrichtungen, nur wenige Wagen stehen verloren und wie in einer Spielzeuglandschaft; raschen Schrittes geht Stephan auf die Drehtür des Supermarkts zu. Am Stausee haben die Kinder genüsslich Pommes und Chips verspeist, Mauro sogar ein Steak, Stephan war angewidert vom Fett auf den Tellern und den speckigen Tischtüchern, die Eisbecher mit den bunten Schokostücken waren ausgegangen; nun stürmen die Kinder, gefolgt von einem schlendernden Nick, an Senfgläsern und Biskuitpackungen vorbei, auf der Suche nach den Kühltruhen. Franz und Marie hätten heute gekocht, Franz nach seinem und Maries Vorhaben zu fragen, war unmöglich; aber vielleicht würde es Franz guttun, wagt Stephan zu vermuten, sich alltägliche Überlegungen zu machen, nur eine kleine Ablenkung, das geplante Menü zu kochen, wir würden alle helfen. Stephan hat wenig Lust, die Verantwortung fürs Abendessen zu übernehmen, der Ärger über das angeschwemmte Unglück in seinen gezählten Ferientagen verzwirbelt sich mit etwas, das er nicht benennen kann, Mitleid, oder ist es Pflichtgefühl. Mauro schüttelt den Kopf, das Unverständnis ist in seinem Gesicht zu lesen, Trauernde können nicht kochen. Meine Oma hat das gesagt, beantwortet er Stephans Stirnrunzeln, mindestens eine Woche lang, sie können nicht, sie sind Schwerkranke, in ihren Hirnwindungen ist kein Platz; am gleichen

Tag, für so viele Leute, eine sichtbare Falte der Missbilligung bildet sich nun zwischen Mauros Augenbrauen. Wir haben das Naheliegendste aus den Augen verloren, beim Sterben ganz besonders, und sie hatte recht. Essen müssen wir trotzdem. Übergangslos beginnt Mauro aufzuzählen, überhört Stephans kleinlautes Ich dachte nur, Mauro zählt, vier Kinder, wir drei Eltern, Franz, Odile und Pierre, und die Freundin von Marie, die am Abend ankommen soll. Und Nick, wirft Stephan ein, Mauros Nachlässigkeit gibt ihm wieder Rückgrat. Acht, mit Nick neun Erwachsene und vier Kinder, fährt Mauro ungerührt fort, gleich viele wie gestern, er stockt, was kochen wir eigentlich. Stephan schiebt den Wagen, sein Ärger ist einer feinen Scham gewichen, sie haben sich für ein vegetarisches Menü entschieden, Fleisch ist unpassend, darüber herrscht wortloses Einverständnis, Mauro kalkuliert die Mengen, klopft ihm kumpelhaft auf den Rücken. Stephan mustert die Theken mit den Frischprodukten, Fleisch, Käse, wirft entschieden fünf Packungen geriebenen Parmesan in den Wagen, über dem Eisbett, auf dem die Fische ausliegen, zwischen steifem Plastikgrün, kräuselt sich die kalte Luft. Emil, Rosa, Lara und Gian stieben durch die Regalreihen, ernten das nachsichtige Lächeln alter Paare in Hausschuhen, die unwirschen Blicke von Ferienvätern mit vollgepackten Einkaufswagen; Nick folgt ihnen, gelangweilt, belustigt, ich kriege zwei, groß wie ich bin, er schubst Gian an, die vier protestieren, unsicher, ob er es ernst meint, endlich entdecken sie die Kühltruhen und greifen gierig nach den gesuchten Glacebechern. Der Nachmittag überfällt die Gruppe wie ein Polster aus warmer Luft, als sie ins Auto steigen und aus dem leergefegten Dorf fahren. Ich habe noch nie einen toten Menschen gesehen, Stephan geht vom Gas, während er es sagt, ein Mähdrescher kommt ihnen entgegen, sie werden an der Engstelle kreuzen, der feine Staub des geernteten Weizens bleibt einen Moment lang hinter dem Fahrzeug in der Luft stehen. Dann ist das vielleicht die Gelegenheit, sagt Mauro leise, als sie in die Hügel hineinfahren und auf der Straße ein Streifen flimmert, als wäre da eine Wasserlache. Ich habe, meldet sich Emil von der Rückbank, in echt, schon zwei tote Mäuse gesehen, eine Amsel, nicht wahr, das stimmt, Mauro, du warst dabei, und neun tote Eidechsen.

Die Ruhe ist ganz plötzlich überall und unheimlich, Dorothea hört jedes Knacken im Gebüsch, jedes Knarren in den Fensterläden, oder sind es doch die Schritte eines unerwarteten Besuchs, jedes in der Ferne vorbeifahrende Auto dringt in ihr Bewusstsein, nur das Gesumm der Insekten und das flüchtige Zwitschern der Vögel bleiben harmlos. Dorothea horcht in die Weite der Hügel, in der Ferne meint sie, einen Traktor brummen zu hören, und geht die Treppe hinunter, auf dem Rasen streift sie ihre Flip-Flops ab, nimmt sie in die Hand, auf den gelbgebrannten Flecken piksen die trockenen Gräser in ihre Fußsohlen, sie fährt leicht zusammen, als es raschelt, in den Blättern, die sich unter der Buchshecke gesammelt haben, bewegt sich ein Tier, eine Schlange oder eine Eidechse. Die ländliche Ruhe, der helllichte Tag bannt all ihre Sinne, in einer angespannten Aufmerksamkeit, Dorothea schaut überrascht zu, wie die Idylle schwankt, sie versucht den Geräuschen ein Gesicht zu geben, eine Grille, eine Hummel, der Wind. Über eine wacklige Steintreppe geht sie in den Gemüsegarten hinunter, den Gemüsegarten von Odile, bis hierhin reicht das Fehlen der geräuschvollen Betriebsamkeit, sie schaut zum Haus hinauf, die Türme ragen über dem dichten Blattwerk der Feigen; nichts hat sich geändert, die Bienen, die Käfer, nur das Fehlen der vertrauten Laute menschlicher Stimmen färbt die Luft einen Ton dunkler. Dorothea beginnt zu jäten, im Beet liegt eine Hacke, rund um die Salatsetzlinge lockert sie die erstarrte Erde, kaum eine Wurzel lässt sich aus dem staubtrockenen Boden ziehen; langsam löst sich ihre Verkrampfung in der Monotonie ihrer Bewegungen und beim hellen Klang des Metalls, wenn es in der Erde auf ein Steinchen trifft. Schweiß läuft ihr in den Nacken und unter den Brüsten hervor, Dorothea sucht mit den Augen den Wasserschlauch, sie löst sich aus der Hocke, geht die wenigen Schritte zum Wasserhahn und öffnet ihn, sie zieht den Schlauch über das trockene Gras, in einem dünnen Rinnsal fließt das bräunliche Wasser, dringt nur langsam in die verkrustete Erde, Dorothea hält ihr Gesicht in den kräftiger werdenden Strahl. Motorengeräusch lässt sie aufschrecken, im Hals klopft ihr Herz, Dorothea hebt den Kopf, sie hält ihren Körper ganz still, versucht auszumachen, ob oben auf dem Platz ein Auto angehalten hat. Die andern sind es nicht, sie würde die Stimmen erkennen, die Stimmen ihrer Kinder, und Pierre mit Odile und Franz, sie können noch nicht zurück sein, ein Nachbar. Dorothea möchte hinter der Hecke bleiben, und unsichtbar, wenn es ein Fremder ist, oder die Bestatter, die etwas vergessen haben, wenn jemand ins Zimmer mit Marie tritt, aus Neugier, zufällig. Marie, die im Dunkeln liegt, sickert wieder in die Kreisel ihrer Gedanken. Dorothea gibt sich einen Ruck, schnappt sich die Flip-Flops, an den Kirschbäumen vorbei geht sie zum Haus und sieht an der Friedhofsmauer einen klapprigen Wagen in verblichenem Beige, das Tor steht halb offen; sie werden wieder wegfahren, sobald sie die Blumen abgelegt oder den Topf gewässert haben, beruhigt wendet sie sich dem Haus zu, im Hof hebt sie verstreute Porzellanschälchen und ein feuchtes Tuch vom Boden auf.

In den Sommermonaten ist die Küche ein pochendes Herz, Wasserbidons, Melonen und Holzkisten voller Pfirsiche, auf dem Bord über dem Kamin drängen sich die Rotweinflaschen und auf dem Bistrotisch neben dem Herd vertrocknen die Brotreste der letzten Tage. Aus den Adern des Hauses treten die Feriengäste durch eine der Türen auf die Bühne der Küche, morgens wird in mehreren Schichten Milch geschäumt und in großen Kaffeetassen auf die Terrasse oder in den Hof getragen; es kann vorkommen, dass ein Gast von der Toilette zurückkommt und den gerade noch von Brotkrümeln und plätschernden Stimmen belagerten Tisch leer vorfindet, leer bis auf den feuchten Glanz, den der Putzlappen auf dem lackierten Holz der Tischplatte hinterlassen hat. Kekspackungen und Sonnenbrillen liegen herum, auf der Anrichte vermischen sich die Haarspangen der Mädchen mit Grillzangen und Einkaufslisten. Im Gewirr unterschiedlicher Rhythmen und Bedürfnisse suchen die Feriengäste ihren Weg, weichen aus und tun sich zusammen, für Ausflüge, Einkäufe und mit jeder Abreise bleiben andere Nahrungsmittel im Kühlschrank und in den Schränken zurück und verderben. Zur Siestazeit kann die Küche für längere Zeit verlassen liegen, erfüllt nur vom leisen Rauschen der Spülmaschine.

Das fehlende Murmeln von Stimmen, Getrampel, Türenschlagen irgendwo im Haus ist in der Küche besonders eindringlich, Dorothea greift nach der beinahe leeren Flasche mit dem Quittenschnaps auf dem Holzbrett über der Anrichte, sie muss sich auf die Zehen strecken, um mit den Fingerspitzen die Flasche zu erreichen, schubst sie vorsichtig näher, bis sie sie umfassen kann, sie gießt einen Fingerbreit der klaren Flüssigkeit in ein Wasserglas, das sie aus der dampfenden, überfüllten Abwaschmaschine klaubt. Die Tür zu Maries Salon, so nennt ihn Dorothea für sich, sie stellt es nebenbei und fast ohne Befremden fest, öffnet sie behutsam, als könnte sie jemanden wecken, sie tritt ein und betätigt den Lichtschalter; zuerst schaut sie nicht hin, sie dreht sich um und zieht die Tür zu, so weit, dass ein Spalt offen bleibt, ein Spalt, durch den mühelos eine Katze ins Zimmer kommen könnte. Sie dreht den Ventilator aus, er deckt die Geräusche zu, die sie hören könnte, die sie hören muss; dann schaut sie Marie an. Sie geht um sie herum, sieht sie genau an, von allen Seiten, beugt sich näher, sie streckt die Hand nach Maries Haaren aus, zieht sie wieder zurück, bevor sie sie berührt hat. Dorothea zieht einen Stuhl heran, hebt ihn mit einer Hand halb hoch, um das schleifende Scheppern zu mindern, in der anderen Hand hält sie das Glas, sie lässt sich langsam nieder, ohne Marie aus den Augen zu lassen, und führt das Glas zum Mund, der Schnaps rinnt ihr heiß und trocken in die Kehle. Eine Bluse und lange Hosen bedecken Maries Arme und Beine, der Körper scheint gegenwartsloser als heute Morgen im Trägerkleid, Dorothea studiert das Muster am Abschluss des Ärmels, entdeckt ein schmales goldenes Armband an Maries Handgelenk, lange, sehr lange betrachtet sie den gebräunten Handrücken, die gekräuselte Haut; wieder bewegt sich ihre eigene Hand in Maries Richtung, sie möchte sie berühren, die Beschaffenheit der Haut, wie viele Stunden vergehen, bis ein Körper kalt wird, Totenstarre, Dorothea kennt das nur aus Fernsehkrimis, am Tatort die Todeszeit schätzen, ob sich Marie kalt anfühlt. Beim Tod ihrer Mutter wird die Schwelle nicht mehr da sein, sie wird die Hände ihrer toten Mutter halten, ihr über die Wangen streichen, übers Haar und sie wird sich an die Scheu vor Maries totem Körper erinnern, damals im Sommer, als Emil und Rosa noch Kinder und schattenlos waren und sie im Halbdunkel saß, mit einer unbekannten Toten. Von den bläulichen Linien auf Maries Hand wandern ihre Gedanken zu den Händen der Kinder, fleischig und zart, wenn Rosa ihr die Hand in den Nacken legt, beim Gutenachtkuss, um Zeit zu schinden, Minuten herauszuholen, die Dorothea neben ihr liegen oder auf der Bettkante sitzen lassen. Sie denkt an Mauros fahrige und ausladende Gesten, wenn er etwas erzählt, das ihm nahegeht, und dabei vergisst, wie seine Hände um den Körper schlenkern, manchmal verliert Dorothea den Faden seiner Worte, weil sie eingenommen ist von der Bewegung seiner Hände und Arme und nachfragen muss, Mauro reagiert verstimmt, weil Dorothea ihm nicht zuhört, nie richtig zuhört, wenn er etwas Wichtiges sagt. Ein leichter Luftzug streift Dorotheas nackte Wade, sie sitzt reglos, sie erschrickt nicht, vermutet eine Katze. Und hört auf einmal eine Kinderstimme, Emil, ihr Herz macht einen kleinen Sprung und sie stürzt von einer überraschend großen Erleichterung gepackt aus dem Zimmer, das leere Glas lässt sie auf dem Holzboden stehen.

Wir schoben die Kinder vor, befürchteten Schäden, Unverdaubares. Wir waren es.
Die nicht wussten, welche Worte, welche Nähe.
Wie viel Distanz.

Emil ist dreizehn, wählerisch, ein wenig in sich gekehrt.
Zwei Wochenenden haben sie an den Motoren herumgeschraubt, schreibt Emil.
Ein Aufsatz zum Thema Freundschaft, ich soll nach Fehlern suchen.
Die erste Fahrt, Gas geben, einander zuwinken, Emil und sein Kumpel, ich schmunzle.
Der Text springt. Zu den Ferien, in einem Haus wie ein richtiges Schloss.
Emil und Nick, auf Rennrädern, endlose Felder Sonnenblumen, ein Raubvogel zieht weite Bögen, hängt in der Luft, segelt.
Die kindliche Sprache, die kraftvollen Bilder.
Auf einem Gefährt, gemeinsam repariert, angestrichen und geölt. Das sei Freundschaft.
Kinder lässt man nicht über den Tod schreiben.
Zugelassen in den Geschichten, beim Zerquetschen von Mücken.

Wenn du an die Ferien denkst, in dem Haus wie ein Schloss, an was denkst du, frage ich.
Du willst wieder über die Tote sprechen, entgegnet Emil trocken.

Ich bemerkte es erst, als Mauro ausgezogen war und Rosa und Emil, zuerst war es Rosa, als ihre Gefühle anfingen Achterbahn zu fahren, die ganze Unsicherheit des Übergangs auf ihren Gesichtern zu lesen war, ihr Verhalten bestimmte.
Erst da merkte ich, wie sicher sie gewesen waren in ihrer kleinräumigen, ausgerichteten Welt.

Ich bin es, die Marie sieht, immer wieder, in den Monaten nach unserer Rückkehr.
Die Bewegung eines Kopfes, Maries Haarfarbe, in einem Kaufhaus sehe ich sie zwischen den Regalen verschwinden.
Ich eile der Frau nach.
Manchmal ist es der Gang, ein leichtes Kleid, ein schlenkernder Arm, immer das Haar, von hinten, von der Seite, ihr Haar.
Als die Leute anfangen Mützen und dicke Mäntel zu tragen, hört es auf.

Rosa und ich, sagt Emil, spielen Totsein.
Wir spielen es nur bei Mauro. Wenn wir nicht einschlafen können.
Ich muss testen, ob Rosa wirklich tot ist. Sie darf die Augen nicht aufschlagen, sie darf nicht zusammenzucken oder schreien, wenn ich sie kitzele oder kneife. Oder ihr die Lippen zudrücke. Die Nase zuhalten ist verboten.
Dann tauschen wir. Ich bin besser, aber Rosa hat das Spiel erfunden.
Wer länger durchhält, still bleibt, gewinnt.

Ob er ihnen in der Küche helfen wolle, hat Mauro nach dem Ausflug gefragt, doch Nick zieht sich in sein Zimmer zurück, er sei müde, Nick hat keine Lust auf die Schwere, die heute die Gespräche immer wieder annehmen, und auch nicht auf das Ungesagte, das sich im Raum staut. Er erwägt, seine Mutter anzurufen, doch vor ihren erstaunten und besorgten Ausrufen graut ihm, mehr als dass er sich schützende Vertrautheit verspricht. Und Pierre ist immer beschäftigt, mit dem Haus, mit Gian, nur mit Odile hat sich eine Art Kameradschaft eingestellt, sein Zimmer liegt direkt neben ihrer Küche, aber das ist nicht der

Grund, auch nicht, dass er ihr auf dem Gang zur Toilette begegnet, mitten in der Nacht, wenn alle schlafen und er in seinem Zimmer spielt, allein an seinem Handy, oder Musik hört; eher sind es ihr offener Blick und ihre Fragen, die nie aufdringlich sind, das Interesse an ihm nie vortäuschen, an einem Halbwüchsigen, der ihr kaum antworten kann mit seinem linkischen Schulfranzösisch. Das Zimmer wird zu eng, zu maßlos, im Hof legen die Kinder Blüten und Steinchen aus, in langen Reihen, mit eifrigem Ernst, bevor Nick fragen kann nach dem Ziel der wunderlichen Ordnung, schreien alle vier durcheinander, Nick, Nick, hilf uns, wir bauen Rennbahnen; Nick hebt abwehrend die Hände, lächelt, zeigt auf die Tür zu Odiles Wohnung. Er späht durch die Glasscheibe, sie ist unterwegs, das weiß er doch, mit Pierre, Franz; wie wenn man einen verlegten Gegenstand sucht, da wo er unmöglich sein kann, mit dem gleichen Wissen um Vergeblichkeit klopft Nick zaghaft an die Tür, wünscht sich, Odile würde ihn hereinwinken.

Das Läuten des Telefons, neben der Küche gibt es einen Festanschluss, hallt durchs Entrée, hallt die Treppe hoch und den Gang entlang und hinaus auf die Terrasse. Oft lassen sie es einfach läuten, das Klingeln zerreißt das laue Vogelgezwitscher, bricht unvermittelt in den Fluss der Ferientage, manchmal klingelt es lange, die Gäste vermuten einen Anrufer, der um die langen Wege zum Telefonapparat weiß, der beharrt, dass jemand Gängen und Treppen entlangeilt, fast schon unhöflich beharrt. Entschließt sich ein Gast, den Anruf entgegenzunehmen, verstummt der Apparat im Moment, wo er ihn erreicht hat, oder er muss jemanden suchen, meist ist es Pierre, im ganzen Haus suchen und rufen, Pierre, deine Mutter ist am Apparat. Ich gehe ran, sagt Stephan, mit Mauro packt er in der Küche die Einkäufe aus, es könnte wichtig sein, Mauro ist erleichtert, es könnte auch ein französischsprechender Anrufer sein, oder jemand, der nach Marie fragt, nach Franz. Dorothea sitzt am Tisch, sie dreht eine Tasse zwischen den Händen, nickt. Sie kommen nicht, die Gäste für das letzte freie Zimmer, Stephan hängt einen langgezogenen Erleichterungsseufzer an, nicht heute, das Paar aus der Schweiz, Pierre hat sie scheinbar angerufen. Sie ziehen es vor einzutreffen, wenn Marie, wenn sie nicht mehr da ist, ob wir sie nicht gleich hätten informieren können, sie seien ohne Unterkunft in der Stadt, in der Hochsaison, ist das nicht unglaublich. Dieser Mensch regt sich auf, dass er ein Hotel suchen muss, in einer sommerheißen Stadt, und hier, hier liegt eine Tote, das letzte Wort kommt so leise, dass Dorothea es nur erahnen kann; mitten im Haus, Stephan betont jede Silbe. Dann habe ich wenig Lust, die morgen kennenzulernen, Dorothea hebt den Kopf, blickt zu Mauro, in Stephans zusammengezogenes Gesicht, und deine Frau, wann kommt sie. Ihrem Vater geht es besser, aber noch jemand, der hier, Stephan atmet lang und tief aus, der hier hineingezogen wird; ich wollte ans Meer fahren, nur wir drei, wie immer, er setzt ab, Scham kriecht Stephans Kopfhaut hoch, ein leichtes Kräuseln nur, darf er denn gar nicht an sich selbst denken, sich wegwünschen; ich glaube, es wäre das Beste, wir würden unsere Ferien hier abbrechen, fügt er an. Das Beste für wen, Dorothea schwenkt einen Rest Flüssigkeit in der Tasse, es macht keinen Unterschied, ob wir abreisen, ob wir bleiben, ob jemand ankommt, für Franz macht es keinen Unterschied, Dorothea stellt die Tasse ab, das Porzellan schlägt hart auf die Tischplatte; was wissen wir schon. Sie sollte nicht in diesem Zimmer liegen, sagt Stephan laut, an dem wir alle vorbeigehen, vorbeigehen müssen, den Ventilator hören, die gedämpften Stimmen, was macht das mit den Kindern.

Sie sind wieder da, Rosa schreit es durch den Hof, wo unter den hohen, schattenspendenden Bäumen Schneckenrennen ausgetragen werden. Die Kinder sind mit Mauro durch das dichte Blätterwerk aus Büschen und niedrigen Bäumen gestreunt und haben Schnecken eingesammelt, die wenigen, die sie im Dunkelgrün finden konnten, da wo auch mittags kaum Sonne hinkommt; es war Gians Idee, er ist Experte für Schnecken, Pierre hat ihm beigebracht, die schnellsten zu erkennen, schon oft hat er Schneckenrennen gespielt, in anderen Ferien mit anderen Gästen, und fast immer gewonnen. Die vier haben im kurzen Gras die Rennbahn ausgesteckt, eine Ziellinie aus blauen Borretschblüten und Hindernisse aus Steinchen und dürren Hölzchen; man darf die Schnecken drehen, haben sie ausgemacht, wenn sie die Richtung verlieren, sonst sind keine Hilfestellungen erlaubt. Jedes Kind hat drei Schnecken im Rennen, feuert sie an, versucht sie mit wedelnden Händen zu dirigieren, Nick mimt aus den Tiefen eines Liegestuhls den Schiedsrichter. Gian hängt am Bein seines Vaters, kaum sind sie durchs Tor gekommen, Franz und Odile und Pierre. Das Spiel ist unterbrochen, Lara versucht, ihre Schnecke in Richtung Ziellinie zu verschieben, gerade als Emil sich wieder dem Rennen zuwendet, sie mit einem wissenden Blick streift. Wir kochen für alle, wir haben eingekauft, Mauro kommt aus der Küche, auch Dorothea, Stephan, wir wussten nicht, was ihr vorhattet mit den Lebensmitteln, die ihr eingekauft habt, Mauro klingt entschuldigend. Paella, Franz schaut ihn an wie einen Außerirdischen, eine aufgelöste Anwesenheit im Gesicht; zwei Hühner liegen seit gestern im Kühlschrank, Garnelen, Franz und Marie kochen Paella, jedes Mal, wenn sie gemeinsam zu Gast sind, die Mengen haben sie im Bett überschlagen, vor dem Schlafen, die Personen gezählt, sich gefragt, wie viel die Kinder essen. Franz schüttelt den Kopf, schüttelt etwas weg. Ich habe es immer gehasst, bricht es aus Franz, er schaut niemanden an, zu kompliziert für viele

Leute, aber Marie bestand darauf, etwas lodert in seinen Augen, erlischt, seine Stimme ein rissiger Faden; on va plus jamais cuisiner la paella au château. Die Gruppe steht regungslos. Wir kochen eine einfache Pasta, bricht Mauro das angespannte Schweigen, Aubergine, Pinienkerne, sizilianische Art, er hält inne, die Hühner sind auch morgen noch genießbar, er lächelt Franz an, ein Lächeln, das unsicher erlahmt. Pierre nimmt Franz am Arm, komm Franz, und zieht ihn weg, an seiner Seite klebt noch immer Gian, der jetzt auf und ab springt, ich hasse Auberginen, ich hasse Auberginen, Pierre bleibt ganz ruhig, lass mich noch ein wenig mit Franz allein, deine Schnecken sind doch bestimmt am Gewinnen.

Nahe der Straße, die selten vorbeifahrenden Autos sind durch die Gebüsche zu hören, durch die Dickichte, in denen Vögel rascheln, trockene Blätter sich sammeln, tut sich eine Lichtung auf, am Ende des Parks, im Schatten der labyrinthisch angelegten Hecken, ein leicht abfallendes Rund, grasbedeckt und abgeschirmt. In dessen Mitte ragt, die Krone in der Höhe verborgen, in den Ästen, die Zeder, die Libanonzeder, Pierre genießt es, das Wort zu formen, den Klang nach Fremdheit und Aneignung, sie wird nicht helfen, nicht einmal sie. Die unberührbare Ruhe, der massive Stamm, den zwei ausgestreckte Armpaare nicht umfassen können, die silbergrünen Äste, die sich ausdehnen, in gleichmäßigem Schweigen, durch deren Nadeln Himmelsstücke zu sehen sind, wenn Franz den Kopf nach hinten legt und hört, in den Augen hört, wie der Wind die Nadeln zum Flimmern bringt. Franz weint nicht, er spricht über den Webstuhl, er ist neu, Marie wollte umsetzen, was immer wieder geplant war und sich verlor, im Alltag, auch in unserem Alltag, nach den Proben saßen oft Leute bei uns; Franz weint nicht, seine Hand zittert, ganz leicht nur, beim Untermalen seiner Worte, er zupft an den Gräsern zwischen seinen Beinen, sie hocken im Gras, die Rücken an der Zeder. Maries Bedürfnis, etwas herzustellen, etwas Sichtbares, Heiteres, dieses Bedürfnis wuchs, im Altersheim ist es vielleicht zu spät, hat sie manchmal gesagt, meine Hände vielleicht knorrig und steif; der Webstuhl steht in unserer Wohnung, ganz neu, was mache ich nur damit, Franz fährt sich mit der Hand über die Stirn, Franz weint nicht. In den nächsten Monaten wird Franz seine Kleider darauf ablegen, das nasse Badetuch, monatelang versperrt der Webstuhl das Schlafzimmer, seine Freunde werden damit beginnen, sich Sorgen um Franz zu machen, seine anhaltende Müdigkeit, seine mit allen Mitteln verteidigte Zurückgezogenheit löst zunehmend Ungeduld aus; kurz vor Weihnachten verkauft Franz den Webstuhl und beginnt sich mit Stimmen zu beschäftigen, ihrem Klang, wie er sich durch die Aufnahme verändert, Freunde und Bekannte bittet er, ihm etwas zu erzählen, vorzulesen, wenn er eine Stimme hört, im Supermarkt oder im Bus, die ihm auffällt, bittet er auch fremde Leute zu sich. Schon vor Maries Tod sei er fasziniert davon gewesen, betont er, jetzt wird eine Obsession daraus, er legt die Stimmen übereinander, verzerrt sie, experimentiert mit Effekten; einem Freund erzählt er, dass Maries Stimme an Klarheit verloren habe, in seinem Kopf, wie er sie manchmal suchen müsse, die Farben ihrer Tonlagen, die Bewegungen ihrer Sätze. Er korrespondiert mit einem Tonkünstler in den USA, verbringt ganze Nachmittage mit Kopfhörern in seinem Studio, schiebt Dringlichkeit vor, wenn

Freunde ihn zu einer Wanderung oder einem Essen mitnehmen wollen. Das Alleinsein ist wie ein Medikament, ohne das ich zu wenig Luft bekomme, Franz schenkt Sabine Tee nach, sie versucht ihn zu einem Umzug zu bewegen, in eine Wohngemeinschaft; ich unterhalte mich mit Marie, Franz spricht ganz leise, ihre Antworten kann ich mir vorstellen, fast immer, ich weiß, was sie mir raten würde, ich bin traurig, aber nicht verzweifelt, ich möchte weiterleben.

Der Faden wird reißen, den Odile zu Franz gespannt hat, ein vorläufiges Fangnetz, glitzernd und hauchdünn wie die Fäden der Spinnen im Geäst des Busches, sie können augenblicklich reißen und den Krater freigeben, den Krater, in den Franz stürzen wird. Odile weiß nur wenig über seinen Alltag nördlich der Alpen, die Treppenhäuser und Straßen, die Wege dazwischen, ihre Gegenwart zwingt die beiden Französisch zu sprechen, Pierre wirft sie raus, und der Faden wird reißen. Odile dreht sich weg, tänzerisch, dreht sich zu Dorothea, comment va-t-elle, Marie, l'après-midi s'est bien passé. Sie macht einen Schritt auf Dorothea zu, die zurückgeblieben ist, einfach stehenblieb, während die Kinder die Regeln neu aushandeln, ihre Schnecken zusammensuchen, Mauro und Stephan zurück in die Küche gehen. Odile möchte wissen, ob bei Marie, ob im Musiksalon die Ruhe unverändert, die Luft kühl geblieben ist; tu m'accompagnes. Sie haben wenig miteinander gesprochen bisher, Odile und Dorothea, die Verbindung ist eine Tote, Dorothea versteht augenblicklich, Übergabe, sie hat noch die Hoheit über das Zimmer; der Ventilator, sie hat vergessen, ihn wieder in Bewegung zu setzen, als sie überstürzt den Salon verlassen hat, deux secondes, sie bedeutet Odile zu warten, deux secondes, wiederholt Dorothea, eilt ins Haus und kehrt schwer atmend zurück, streckt Odile die Hand hin. An der Tür zum Musiksalon tritt Odile zur Seite, lässt Dorothea den Vortritt, und etwas erfasst sie, unerwartet, in ihren Eingeweiden, als Dorothea den Knopf dreht, um das Scharnier zurückzuschieben, Odile kann es nicht einordnen, nicht verhindern, auch nicht, dass sich ihr Körper sträubt; est-ce qu'elle a changé, sie sagt es sehr leise. Dorothea kehrt sich zu ihr um, Überraschung im Gesicht, die sie zu verbergen sucht, Odile wehrt sich, auch gegen den Druck, den sie erhöht, auf Dorotheas Hand, nur drei Stunden waren sie weg, ist Marie blutleerer, der Zerfall sichtbar, in ihren Gedanken tut sich ein Schlund auf, formlose Panik breitet aus, ein dunkles Surren. Es ist gut, sie ist unverändert, liest sie in Dorotheas bedächtigem Blinzeln und hört sie sagen, spielst du etwas auf dem Klavier, für mich, für Marie, und der Riss schließt sich. Einige Jahre später, als Odile bereits erkrankt ist, aber noch Hoffnung besteht, kurz vor ihrem sechzigsten Geburtstag, wird sie wieder an Marie denken, wie sie aufgebahrt lag, wie unversehrt ihr Körper, ihre Gesichtszüge und ihre Haut, während ihr eigener vom Schmerz ausgelaugt und eingefallen ist; sie sieht in klaren Bildern, wie sie sich durch den Tag im August bewegt hatte, durchdrungen von einer beinahe berauschenden Sicherheit, mit welcher Unbefangenheit sie handelte, veranlasst hatte, dass Marie im Musiksalon lag, Blumen sie schmückten und Kerzen brannten und wie unverletzlich sie selbst sich gefühlt hatte. Odile wird in ihre Geburtsstadt zurückkehren, in die Nähe ihrer Tochter und ihres Ex-Mannes, und eines Nachmittags, während sie langsam die kurvige

Straße hochgeht, erinnert sie sich an jenen Augenblick, an ihren sekundenlang schwankenden Körper, an die Angst vor der Veränderung, die in den Stunden ihrer Abwesenheit Maries Körper möglicherweise zugesetzt hatte, und an den Geruch im Salon, ein harmloser Geruch nach ausgesperrtem Sommer; während sie weitergeht, sehr langsam die Straße hochgeht, die hundert Meter zum Park, der die Stadt überblickt, auf die schimmernde Wasserfläche hinaus. Nach den kurzen Spaziergängen ist Odile erschöpft, wenn ich sterbe, sagt sie zu ihrem Ex-Mann, der in der kleinen Küche hantiert, der wie immer abwinkt, um ihr zu verstehen zu geben, sie solle aufhören mit den düsteren Ausblicken, wenn ich sterben muss, möchte ich hier begraben werden, in dieser Stadt, auf dem terrassierten Friedhof am Hang. Mit unserer Tochter bin ich oft den Grabreihen entlanggegangen, ließ sie Blumen ausreißen, es gibt kaum Bäume und keinen Schatten, nur das ferne Rauschen der Schnellstraße. Franz wird in die Stadt am Mittelmeer fliegen, ziellos in den Straßen umhergehen, wenn Odile zu müde ist, er setzt sich an den Strand aus runden Steinen und beobachtet die gepflegten Frauen mit ihren kurzhaarigen Hündchen, blickt hinauf zu den Hotels in den Hügeln. Odile erzählt von ihrem ersten Konzert, als sie siebzehn war, im Konservatorium dieser Stadt und an den missbilligenden Ausdruck, der das Gesicht ihrer Mutter einnahm, sobald sie die Klarinette ansetzte, um etwas anderes als eine klassische Tonabfolge zu spielen; erzählt von der ummauerten Erdfläche, wo sie Himbeeren pflanzte und später im Jahr winzige Tomaten, vom enttäuschten Gesicht ihrer Tochter, als sie die wenigen Früchte verschlungen hatte. Odiles Vater bringt Pfirsiche von den Bäumen hinter seinem Haus im Hinterland, Franz kocht kleine Tintenfische und als Odile auf dem Sofa einschläft, bleibt Franz lange und stumm neben Odiles Vater in der Küche sitzen.

Nick sitzt im Gras, die Hände schwarz von Fett und Öl, reinigt mit einem Lappen die Fahrradkette, hier hat er die Tür zu Odiles Wohnung im Blick. Das Schneckenrennen hat seinen Reiz verloren, für Nick zuerst, die Streitereien langweilen ihn, jedes Kind will seine Unterstützung gewinnen, das ermüdet ihn; mir reichts, sagt er irgendwann mürrisch und stemmt sich unter dem

Protestgeschrei der vier Kinder aus dem Liegestuhl. Vor dem Werkstatttor, nur wenige Meter nebenan, hockt Nick sich hin, auf die drängenden Bitten und Versprechungen reagiert er nicht, schaut nicht mehr hoch, versenkt sich ganz in den Raum zwischen Schraubenschlüssel und Hinterrad. Es dauert nicht lange, bis auch Emil das Interesse verliert, ich geb auf, in die Runde wirft und sich Nick nähert, zögernd, und fragt, darf ich dir wieder helfen. Nick macht eine zustimmende Kopfbewegung und Emil setzt sich sichtlich stolz neben ihn ins Gras. Nick gibt nur knappe Anweisungen, die Emil beflissen ausführt, um dann aufmerksam zuzuschauen, wie Nick Metallstücke zusammenfügt, den Kopf schüttelt, Emil die Hand hinhält, gib mal her. Gian lassen sie abblitzen, auch Lara und Rosa, die mit ihren Schönheitsanwendungen werben, nicht einmal Gian will die Gurken und Wässerchen im Gesicht, ich wurde schon drei Mal behandelt, sagt er erbost und stapft ins Haus. Heute Morgen, warst du dabei, fragt Nick, nachdem er sich versichert hat, dass die Mädchen nicht mithören, weit genug weg sind, warst du dabei, Emil, als es passiert ist. Zack, hat sie sich einfach nicht mehr bewegt,

Emil hält inne, legt das Tuch neben sich ins Gras, ich wusste nicht, dass ein so großer Mensch so schnell tot ist. Aber wie, was, was ist passiert; seit dem Aufstehen tappt Nick im Halbdunkel, als suche er verzweifelt einen Lichtschalter, in einem menschenleeren Haus, nur da und dort erhellt ein schwacher Lichtstreifen die Räume, von einer Straßenlaterne oder ist es der Mond. Es ging ganz schnell, Emil spricht langsam, sie kam die Treppe rauf mit einem großen Korb, er hält sich beide Hände vor die Brust, legt die Finger um die imaginären Griffe, und schon fiel sie um, nach hinten, er beugt seinen Oberkörper nach hinten, direkt auf das Genick, hat Mama gesagt. Emil legt sich die Hand an den Hinterkopf, scheint mit den Gedanken abzuschweifen, sie ist auf meiner Lokomotive ausgerutscht. Du hast sie da liegenlassen, entschlüpft es Nick, und als er Emils betrübtes Gesicht sieht, schiebt er schnell nach, aber das ist doch voller Zufall. Er legt Emil den Arm um die Schulter, zaghaft, wir könnten uns jetzt mal das andere Fahrrad vornehmen, das ist doch etwa deine Größe, und dann drehen wir eine Runde.

Hallo, ich erkenne ihn erst, als er direkt vor mir steht, Nick, in einem dunkelblauen Pullover, Alt-J lese ich, er muss zum zweiten oder dritten Mal Hallo gesagt haben, Nick.
Wir sind uns nicht mehr begegnet.
Seit ich ihm einen Kuss auf beide Wangen gedrückt hatte, er uns nachwinkte.
Er sitzt mir in einem Café gegenüber, Regenfäden laufen über die Fensterscheiben.
Ich war oft unten, seither, im Schloss, sagt Nick. Das Lernen fällt mir dort leichter, und so verliere ich mein Französisch nicht. Er schmunzelt, hebt die Augenbrauen, voller Ironie, das ist kein Jugendlicher mehr, denke ich.
Bei meinem letzten Besuch, fährt Nick fort, war Odile nicht mehr da, sie ist in die Nähe ihrer Tochter gezogen, ans Mittelmeer, sie ist krank. Er nimmt einen großen Schluck Eistee.
Ich sehe Odile den Hof durchqueren, mit diesem Schwung, der ihr das weite Kleid verdreht.
Odiles Eigensinn, den ihre Freundlichkeit nur oberflächlich zudeckt.
Odiles Unbeirrbarkeit, als Marie aufgebahrt im Haus lag.
Wie krank, frage ich.

Ich habe sie nie wiedergesehen, Odile, auch Pierre nicht.
Als eine Wanderung im Süden Frankreichs organisiert wird, vom Team in der Galerie, sage ich unter einem Vorwand ab, im allerletzten Moment.
Wir wären durch dieselben Ortschaften gefahren, dieselbe Jahreszeit, bleierne kleine Dörfer, die sich der Straße entlangducken.
Als ich das Telefon weglege, ist es mir peinlich, ich schaue dem Nachbarn zu, wie er den Rollladen hinunterlässt, zwischen uns die schwankende Straßenlampe, lange schaue ich ins grelle Licht.

Odile hielt den Tag zusammen, wir alle.
Zusammengedrängt, unfreiwillig, Komplizen.
Es reichte nicht.
Ich habe mir Tragflächen ausgemalt, die sich in die Zukunft dehnen, gehaltene Verbindungen, belastbare Bänder.
Nichts blieb.
Mit Stephan haben wir uns ein paar Mal verabredet, der Kinder wegen.
Wir verflüchtigten uns, sackten zurück, in das, was wir unser Leben nennen.
Versehrte, davongekommen.

Nick fängt mit einem Mal zu reden an, ich habe schon bezahlt, erzählt vom Chemielehrer. Die Sekretärin sei ins Klassenzimmer gekommen, ohne anzuklopfen, während der Englischstunde, in der ersten Woche nach dem Sommer in Frankreich. Herzinfarkt, verkündet sie, es tut mir leid, und er ist von uns gegangen. In der Pause machten wir uns lustig, sagt Nick.
Über die Formulierung. Wir klopften Sprüche.
Er macht eine Pause.
Dabei waren wir ratlos.
Als mein Großvater starb, wartete ich darauf, dass meine Mutter etwas Unvorhersehbares tut.
Wie wenn man neben einer tickenden Bombe hergeht, bei der Beerdigung, vor seinem leeren Kleiderschrank.
Außer sich gerät.
Ich war erleichtert, als Marie weg war, damals, und Franz.
Und du, fragt er schüchtern.

Ich war überrumpelt, erkläre ich der Freundin, die am Küchentisch sitzt.
Und erzählte ihm, Mauro wohne jetzt ein paar

Häuser weiter, die Adresse sei die gleiche geblieben, bis auf die Hausnummer.
Erzählte ihm, wie anfällig ich geworden sei, zu vergehen, schwerwiegend zu erkranken.
Er ist erst neunzehn. Im Bus schämte ich mich.
An der Wand über dem Tisch die Lichtreflexe des Bürogebäudes gegenüber.
Hoffst du nicht auch, hebe ich an, Rosa kommt in die Küche und unterbricht mich, fragt, was es zum Nachtessen gibt. Hoffst du nicht auch, beende ich den Satz, als Rosa naserümpfend die Tür hinter sich zugezogen hat, hoffst du nicht jeden Tag, dass ihnen schwere Schicksalsschläge erspart bleiben, unseren Kindern, ihr ganzes Leben lang.

Nick fragt nach Emil.
Als wir schon auf der Straße stehen, wie geht es Emil.
Voller Ernst, als wäre er ihm jetzt erst eingefallen. Gut, sage ich, es geht beiden gut. Sie sind dreizehn, nicht immer einfach. Aber komm uns doch mal besuchen, Emil würde sich bestimmt freuen.
Nick zieht sein Handy aus der Jackentasche, wir

tauschen unsere Nummern aus. Er begleitet mich zur Bushaltestelle, wartet, bis ich eingestiegen bin, grüß die beiden von mir, ruft er, als sich die Türen schließen.

Odile hat gemeinsam mit Dorothea Maries Zimmer verschlossen, die Tür behutsam ins Schloss gedrückt, à plus tard, beim Eintreten war ihr nur Traurigkeit geblieben, und das Spiel ihrer Hände, über die Tasten hinweg, das sie schützt, wie immer, und Odile ließ sich fallen, in den weichen Humus der Tonfolgen, die sie formte, ohne zu denken, die ihre Finger und Hände formten, Gewächse ihrer Einsamkeit. Je vais m'occuper des enfants, Dorothea sagt es ohne Überzeugung, sie drückt Odiles Handgelenk, kurz und etwas unsicher, und geht Richtung Hof, wo die Mädchenstimmen quasseln. Odile steht da, steht da und lauscht, zum ersten Mal an diesem Tag schleicht sich eine Lücke in die Bestimmtheit ihrer Schritte und Handgriffe. Das Haus klingt wie jeden Abend, Odile überlässt sich ganz ihrem Gehör, wie jeden Abend im Sommer, wenn die Hitze nachlässt, ihr enger Griff sich langsam löst und den Bewegungen wieder Spiel gibt.

Zunehmende Betriebsamkeit füllt die hohen Räume, die Küche, dringt in abgelegene Winkel und durch die Flure, Geräusche, Stimmen, die erraten lassen, was sich vorbereitet, das Fest, das tägliche kleine Fest, Schüsseln und klirrendes Besteck, Duschen rauschen, ein erstes Bier, Musik. So schnell, denkt Odile, so schnell wird die Katastrophe überwuchert, wie eine Klette, die umwickelt, durchwächst, verdrängt. Der Ton, mittendrin, ist ein Ton, ein summender Draht, ganz tief oder ganz schrill, der durch alle Körper schwingt, nicht stört, aber bleibt, starrköpfig, Odile jedenfalls hört ihn. Durch die offene Tür zur Terrasse kommt Pierre, Franz wie ein blasses Tier neben ihm, wir fahren zum Bahnhof, holen Sabine ab, magst du ihr ein Zimmer richten. Sind sie am Schirmfuß vorbei, über die Steinplatten gegangen, Odile schaut Franz forschend an, sucht in seinem Gesicht. Merci, Franz deutet ein Lächeln an, merci, wiederholt er, Odile hat nur ihre hilflose Anteilnahme. Sie wird sich wie jeden Abend im Sommer, wenn die Gemeinsamkeit der Feriengäste dem Haus die Luft nimmt, auf ihre Terrasse setzen, die Tomaten wässern, die Kresse. Bei Nick bleibt sie stehen, bewundert die glänzenden Schutzbleche und sieht das Flehen, das über sein Gesicht läuft, als Emil über den Hof davonrennt, weil er gerufen wird, ich komme gleich zurück, sagt er noch; viens, viens avec moi, Odile hält ihm die Hand hin, Nick übersieht sie, steht auf und folgt ihr, auf einem der schmalen Wege, die den Hof durchkreuzen, die Gebäude verbinden, die Küche, den Pingpongtisch, Odiles Wohnung. On va aller la voir, c'est rien de grave, Nicks Schritte stocken, Odile greift seine Hand, jetzt lässt er es zu. Odile hat schon als Kind Tote gesehen, Gesichter hinter Glasfenstern, Gucklöcher im Holz, die der Pfarrer schließt, bevor der Sarg ins vorbereitete Erdloch gelassen wird, sie findet nichts Verstörendes daran. Ihrer Mutter hatte sie ein Foulard um den Hals gelegt, im Krematorium, wie fortgefegt sah die Mutter aus in dem fensterlosen Raum, der jedes Geräusch schluckte, nur weißes Tuch; Odile wollte ihr etwas von ihrem Wesen zurückgeben, ein helles Rot, großflächige Muster. Das Foulard hatte die Mutter an ihrem letzten Geburtstag getragen, Odile hat ein Foto bei sich stehen, von dem Fest in einem Hotel mit Blick auf die Ziegeldächer der Altstadt, ihre Mutter strahlt in die

Kamera, aufgeräumt und selbstbewusst. Natürlich können sie das, hatte der Bestatter auf der Gemeinde gesagt, aber befestigen sie das Foulard gut, der Wagen fährt mitten durchs Stadtzentrum auf dem Weg zum Friedhof, da ist viel los, da kann schon etwas verrutschen. Odile hatte sich gefragt, als sie das Amtshaus verließ, ob Kalkül dahinter war, professionelle Winkelzüge, um den Trauernden, die ihm gegenübersaßen, ein Luftschnappen zu gönnen, sie für einen Augenblick abzulenken, oder ob er einfach nur ein Kauz war. Il y a quelque chose de beau, sagt sie zu Nick, beau, wiederholt sie, le silence dans le corps.

Stephan bleibt länger unter der Dusche, länger als üblich, lässt das Wasser über die Haut rieseln, er möchte Chips und ein Bier, sich in die nachlassende Hitze setzen, wie er es gestern tat und am Abend davor, wenn Lara mit den Zwillingen, mit Gian das weitläufige Haus durchstreift, den Garten; von Rosa lässt sie sich herumbefehlen, Stephan beobachtet es gequält und gefesselt zugleich. Wird seine Tochter das Ereignis schadlos überstehen, den Unfall, das dramatische Missgeschick, während ihm lauwarmes Wasser den Nacken kühlt, dreht und wendet er die Bezeichnungen für das, was am Morgen geschehen ist, weicht Worten aus, Tod, sterben, Leichnam, Worte, denen er kaum standhält; und werden sie merken, wenn es Lara bedrückt. Der Tag war lang und atemlos, ein Bier, ist das möglich, unter diesen Umständen, Stephan trocknet sich nur nachlässig ab, genießt das kurze Frösteln im fensterlosen Bad, sich nur kurz zurückziehen, seine Frau nochmals anrufen, die nächsten Schritte beraten. Das feuchte Frottiertuch um die Hüften gewickelt, setzt sich Stephan in seinem Zimmer aufs Bett und wählt ihre Nummer; der Vater ist in wenigen Tagen schlohweiß geworden und mager, ein Greis, sein Zustand hat sich stabilisiert, aber kann sie die Mutter allein lassen, den Bruder. Du fehlst mir, entgegnet Stephan, uns beiden, morgen früh wird sie abgeholt, wenn du abends ankommst, ist sie weg, auch Franz, hier ist es im Grunde paradiesisch, dann bleibt die Leitung still. Wir könnten auch irgendwohin fahren, ins Landesinnere, wo es noch freie Zimmer gibt, schlägt Stephan unsicher vor, nur wir drei.

Sabine trägt nur eine kleine Ledertasche über der Schulter, sie geht nah neben Franz, sie will unverzüglich zu Marie. Alle Angebote lehnt sie ab, sich die Tasche tragen zu lassen, das Zimmer zu beziehen, ein Glas Wasser. Pierre und Gian bedenkt sie mit freundlicher Distanziertheit, als wären sie Statisten, Gian blieb ganz still auf der Fahrt vom Bahnhof, jetzt beobachtet er sie aufmerksam, alles an ihm zeigt die Bereitschaft, ihr etwas vorzuführen, sie auf etwas hinzuweisen, Sabine beachtet ihn nicht, seine erwartungsvollen Blicke fallen ins Nichts, und er zieht Pierre am Musiksalon vorbei. Sabine stürzt beinahe zu Marie, dicht an der Liege bleibt sie stehen, ihre Beinen berühren den Überwurf, das Geklapper aus der Küche verliert seine Spitzen, als Franz die Tür schließt, und Sabine schaut Marie an, im verschatteten Licht des Zimmers, eine Unendlichkeit. Ihre Augen wandern über Maries Gesicht, mit dem Handrücken streicht sie ihr über die Wange, zum Kinn, sacht und sehr vorsichtig, eine Träne fällt auf Maries Hals, Sabine sieht zu, wie sie an Maries Hals hinunterrollt, sie wischt sich mit den Fingern über die Augen, aber es ist zu viel salzige Flüssigkeit, sie wendet sich zu Franz um, hast du vielleicht ein Taschentuch, Franz. Ich konnte nicht weinen, ich kann nicht, ich bin wie ein Stein. Er geht ins Zimmer nebenan, Sabine folgt ihm, sieht ihm zu, wie er Bücher hochhebt, in die Taschen herumliegender Hosen greift, mechanisch, als wären sie ihm fremd, die Kleider, die Gegenstände, in Maries Badetasche findet er Papiertaschentücher in einer Plastikhülle. Du stehst unter Schock, sagt Sabine, komm, lass uns ein bisschen bei ihr sitzen, meinst du, wir bekommen ein Glas Weißwein, das brauche ich jetzt. Und sollen wir nicht etwas Luft hereinlassen. Ich glaube, Odile und Pierre, sagt Franz, sie dachten, die Sonne, eher die Hitze, ihr Äußeres, er sucht nach Worten, es könnte schneller gehen, dass es zerfällt. Ach was, weit öffnet Sabine einen Flügel des einen und dann des anderen Fensters, etwas frische Luft, nur für ein paar Minuten, so schnell geht das nicht. Als Franz kurz darauf mit einem Tablett, zwei Gläsern und einem Schälchen darauf, zurückkommt, hat Sabine auch den einen Fensterladen geöffnet, so weit, dass ein Luftzug ins Zimmer weht und den Stoff bewegt, der Maries Liege bedeckt, ihn über den Boden streichen lässt, und ein heller

Streifen Licht Maries nackte Füße ausschneidet, ihre Fesseln und den Saum der Hose in einen Rahmen stellt, blendend, zudringlich. Franz ist mit wenigen Schritten am Fenster, das Tablett hat er Sabine in die Hand gedrückt, lehnt sich hinaus und schwenkt den Fensterladen hin und her, prüfend, bis das Licht von Marie ablässt. Sabine nestelt in ihrer Tasche, zieht eine genähte Puppe hervor, aus farbigen Stoffresten, nur wenige Zentimeter groß, legt sie zärtlich in ihre Handfläche, erkennst du sie, sie dreht Franz ihre offene Hand hin. Franz bejaht mit einem wissenden, schmalen Lächeln um die Lippen. Unser Glücksbringer, Sabine betrachtet die Puppe eingehend, wir beschworen ihn vor schwierigen Prüfungen, und natürlich in Liebesangelegenheiten, ein hässliches Ding, wir haben es auf dem Flohmarkt einem Kind abgekauft, das Kind tat uns leid, hinter seinen verbrauchten Spielsachen. Irgendwie ist er bei mir gelandet, Sabine wischt verklumpten Staub aus den Stofffalten. Dabei war Marie alles andere als abergläubisch, Franz nippt nur an seinem Glas, ich habe ihren Scharfsinn immer bewundert, sie hat mir viel geholfen, mit den Papieren, den Eingaben. Für einen kurzen Moment droht Franz abzustürzen, bricht die Verbindung ab, zu Sabine, dem Gegenstand in ihrer Hand; ich weiß noch genau, setzt Franz' Stimme wieder ein, und Sabine atmet aus, wie ich mich wunderte über euer Getue um das farblose Ding, wie kleine Mädchen, ein Spiel, das wurde mir schnell klar, als ich begann Zeit bei euch zu verbringen. Sabine legt die Puppe auf ihr Knie und bückt sich nach dem Tellerchen mit den Oliven, das Franz aus der Küche mitgebracht hat, ich habe keinen Hunger, meint er, als er das Tablett neben Sabines Stuhl stellt, Mauro bestand darauf. Auch nachdem wir zusammengezogen waren, Marie und ich, blieben wir unzertrennlich, Sabine hat die Puppe wieder in die Hände genommen, streicht über den verblichenen Stoff, wir gingen auf unzählige Partys, Konzerte, so hat sie dich kennengelernt. Eine aufgeladene Nacht, ich glaube, der erste Schnee war gefallen, wir verdienten beide zum ersten Mal richtig Geld, Marie hatte eine Stelle in einer Anwaltskanzlei, ich ein paar Übersetzungsaufträge. Wir waren aufgekratzt, alles vibrierte, du standest mit uns vor dem Club, zufällig, ich kannte dich vom Sehen, ihr hattet gerade euer Konzert beendet, Unmengen von Zugaben gespielt, ich wusse es vor ihr; wir scherzten, alle bibbernd, mit ihren Zigaretten zwischen den Fingern, ich habe noch einen Witz im Ohr, den der Bassist erzählte; du sahst gut aus, verschwitzt, gelöst, die Szene ist klar geschnitten in meiner Erinnerung. Marie spielte gern die Geheimnisvolle, jetzt war es Befangenheit, ihre aufgeräumte Stimmung wie weggewischt, ihr ausschweifendes Lachen ein Schauspiel, das merkte nur, wer sie kannte, gut kannte, kein Flirt, alles oder nichts. So melodramatisch war das doch nicht, Franz macht eine abwehrende Handbewegung, zuerst haben wir uns einfach angefreundet, wir teilten die Leidenschaft fürs Theater, diskutierten über Inszenierungen, manchmal bis es hell wurde, sie argumentierte brillant, erst langsam haben wir uns verliebt, ich jedenfalls. Sabine schaut Franz forschend an, Marie war es von Anfang an ernst, sie litt unter deinem harmlosen Freundschaftsgetue, aber sie hatte Geduld, Sabine schweigt. Die tiefe Ruhe von Maries Körper nimmt den Raum wieder ein, Sabines Hals wird eng, sie lässt die Tränen laufen, steht auf und lehnt die Puppe an Maries Brust, beinahe verschwindet sie in Maries

Achselhöhle; schön, wie ihr das alles gemacht habt, sie schnäuzt, räuspert sich, die Blumen, die Kerzen, schön, wie sie hier liegt, inmitten der Lebenden, ich bin froh, dass du bei ihr warst. Sie hören die Kinder vorbeihuschen, wie sie ihre eifrigen Stimmen dämpfen, nur kurz, auf der Höhe der Tür, und wie sie anschwellen, kaum sind sie im Freien; ich glaube, sie decken den Tisch, Franz beugt sich aus dem Fenster, zieht den Laden heran, hängt den Metallhaken in die Öse, zieht die Fensterflügel zu, lehnt sie aneinander, lässt einen schmalen Spalt. Komm, wir gehen ein wenig durch den Park, bis zum Essen gerufen wird.

Dorothea fühlt sich nicht zugehörig, nicht in der Küche bei Mauro und Stephan, nicht bei den Kindern, die mit Tellern und Besteck herumrennen und sie nicht brauchen. Sie setzt die Füße auf wie eine Beschädigte, in Schatten verstrickt, die ihr die Schritte unsicher machen. Als Mauro nach Thymian und Rosmarin fragt, über die Pfannen gebeugt, die Auberginenstücke, die Stephan geschnitten hat, zwischen den Fingern prüft, mit dem Holzlöffel die Sauce probiert, die

Lippen rollt und zur Decke schaut, bietet sich Dorothea erleichtert an. Sie kann keine Veränderung feststellen in Mauros Gesten, seine Bewegungen schwingend wie immer, wenn er in der Küche herumwirbelt, störungsfrei, es erschreckt sie, schwemmt sie weg. Das Essen soll gut sein, heute besonders, trotzig blickt Mauro sie an, als Dorothea nach einer Küchenschere und dem Sieb greift, unbeteiligt bleibt, verfangen in ihrer Abwehr, die sie nicht steuern kann; das ist, was Mauro beitragen kann, seine Hingabe an dieses Abendessen. Das Sieb mit den geschnittenen Kräutern in der Hand, nimmt Dorothea einen Umweg, wählt den Weg durch den Obsthain, Wiesenblumen knicken, ihre fröhliche, unbekümmerte Schönheit, Margeriten, Wegwarten, die ihr Blau verlieren, weißlich ausbleichen, kaum stehen sie im Wasser. Mit den Kindern hat sie die Wiesen abgesucht, in den sommerlichen Bergen, die winzigen Sträußchen auf dem Tisch der Ferienwohnung rührten sie; könnten sie etwas beitragen auf dem abendlichen Tisch, den Ernst anerkennen oder zu unbekümmert wirken, Dorothea wünscht sich die schwerelosen Gedanken ihrer Kinder. Sie hat keine freie Hand für Blumen und Mauro wartet.

Odile nimmt Nick den Würfel aus der Hand, hält ihn hoch und sagt, dé, un dé. Sie hat sie bemerkt, die kaum sichtbare Drehung, mit welcher Nick sich von Marie abgewendet hat, der Tür zuwendet, kaum hat Odile aufgehört zu sprechen, sie versteht augenblicklich. Beim Eintreten ist etwas wie Neugier durch Nicks Scheu gedrungen, durch seine vorsichtigen, etwas linkischen Bewegungen, er hat lange Wimpern, fällt Odile auf, als sie versucht in seinem Gesicht zu lesen; er wird sich erinnern, wenn das erste Mal ein Mensch sterben wird in seinem Leben, wird er sich erinnern, scharf, und es wird ein wenig leichter werden, nicht der Schmerz, nicht die Trauer, aber der Umgang mit dem toten Körper, davon ist sie überzeugt. Nicks Blick fährt durch den Raum, bleibt an Maries Mund hängen, ihren geschlossenen Augen, nur kurz, dann weicht er ab. Odile erzählt, in einem gemächlichen Plauderton, formt die französischen Worte, prägt sie aus, um die Befangenheit zu schmälern, sie erzählt vom Foulard ihrer Mutter, der Bemerkung des Beamten. Sie zweifelt nicht, ebenso wenig ist sie stolz, Nick eine Tote sehen zu lassen, die ihn wenig angeht, Odile sieht es als Chance. Un dé, wiederholt Nick auf der kleinen Terrasse, et qu'est-ce que c'est ça und er weist mit einer Kopfbewegung und einem zarten Spott in den Mundwinkeln auf den Aschenbecher, auf dessen Rand Odile gerade ihre Zigarette ablegt. Un cendrier, und Odile hält das Feuerzeug hoch, un briquet, dann würfeln sie weiter, ein leichter Wind raschelt im Blätterdach, ein Gerüst aus Bambus, an dem Bohnen hochwachsen, nicht dicht genug, um die Sonne fernzuhalten, Odile beharrt nicht, nächstes Jahr wird sie sich etwas anderes ausdenken, oder nichts unternehmen, denn das gleißende Gelb verblasst hier früher als auf der Südseite, die Mauern speichern weniger, und die Platanen stehen dichter beim Haus. Nur knappe Ausrufe des Ärgers, Triumphs und der Enttäuschung begleiten das Aufprallen der Würfel, ihr Rollen, manchmal über die Tischkante hinaus, Odile wird immer heiterer, auch wenn sie verliert, und Nick gelöster. Nach der ersten Runde bietet Odile Nick ein Bier an, das er ohne zu Zögern entgegennimmt, sie bittet ihn, ihr beim

Gießen der Bohnen und Tomaten zu helfen, les haricots, les tomates, l'arrosoir, Nick wiederholt, sie setzen sich wieder, spielen weiter. C'est fini, sagt Nick unvermittelt und Odile schaut überrascht auf, fini avec les leçons de français, j'en ai marre, und lässt die Würfel auf die Tischplatte knallen.

On mange, Pierre ruft es ins Treppenhaus, in den Hof, klopft an die Tür, hinter der Marie liegt, betätigt den Lichtschalter und beugt sich in den Raum, kurz hält er inne, sein Blick gleitet den reglosen Körper entlang, wir essen, raunt er und zieht die Tür wieder zu, ruft es übers Terrassengeländer, in die Weite des Parks, in die vom Abendlicht glühenden Äste, essen. Die Kinder sitzen schon an ihrem Tisch, wiegen sich auf ihren Stühlen vor und zurück, Gian schlägt mit der Gabel auf das grüne Metall, die andern fallen ein, lassen Gabeln und Messer klappern; hört auf, ermahnt sie Dorothea, die mit einer großen Pfanne auf die Terrasse kommt, versucht ein wenig ruhiger zu sein, versucht es, heute ist ein besonderer Tag. Wir können sie nicht den ganzen Abend stillhalten, schaltet sich Mauro ein, der mit einer zweiten Pfanne hinter ihr geht, sie sind in ihrer eigenen Welt, sie schützt sie, und jetzt sind sie hungrig. Dorothea würde den Sonnenschirm zuklappen und aus dem Metallrohr ziehen, damit der Himmel frei liegt, ganz zusammenhängt, niemand hat ihn aufgespannt heute, niemand hat lesend darunter gesessen, oder plaudernd, mit dem Blick im dunstigen Spätnachmittag. Umgedreht auf dem Rohrende liegt der braune Plastiktopf, verdeckt die Öffnung, die Kanten, Odile, vermutet Dorothea. Weinflaschen und Wasserkaraffen werden aufgetragen, Schälchen mit geriebenem Parmesan, bringst du noch Pfeffer und Salz, ruft Pierre Stephan nach und schiebt Stühle an den Tisch, Dorothea rückt das Besteck gerade, man könnte meinen, die Kinder hätten es durch die Luft geworfen. Die Geschäftigkeit schwillt an, als alle einen Sitzplatz suchen, und während die Kinder nach Sirup rufen, kommen Franz und Sabine aus dem Park, sie kommen über die Treppe an der Ostseite, die zur Hängematte führt, unter die Platanen, bücken sich unter der Kletterrose, den langen Trieben, die sich über die Treppe bauschen, die Köpfe gesenkt, in einer Kapsel aus Vertrautheit, die Blütenblätter unter ihren Füßen, verwelktes Gelb. Sie setzen sich ans Tischende, vor die zwei äußersten Gedecke, Sabine mit Sicht in den Garten. Schüsseln werden herumgereicht, Gläser hingehalten; wo ist Nick, bemerkt auf einmal Stephan, und wo Odile. Ich sehe nach, Dorothea steht auf, verschwindet im Haus. Kurz darauf erscheint Odile mit einem Teller in der Hand und Besteck, gefolgt von Nick und Dorothea, Nick hält ein Glas, sein Gesicht ist gerötet, Odile tritt an den Tisch, ein zusätzliches Gedeck, übersetzt Dorothea ihren Wunsch und findet zurück zum brennenden Kern dieses Tages. Sabine, am unteren Ende des Tisches, nickt zustimmend, quelle bonne idée, merci Odile, wir setzen Marie zwischen uns. Die Gespräche sind abgebrochen, das Besteck niedergelegt, Odile trägt das Gedeck zu Sabine, den Teller, das Messer, die Gabel, ihre Bewegungen feierlich, die Stille schwebt, eine Kurbel zieht die Zeit an, Odile winkt Nick heran, der ihr zögernd gefolgt ist, er stellt das Weinglas neben den Teller, beide setzen sich, Odile zu Sabine auf die Bank, Nick auf den freien Stuhl gegenüber, zu Franz. Sabine rückt zur Seite, um Platz zu machen für das Gedeck, für den Körper dazwischen, Odile gießt Wein in das leere Glas.

Pierre steht auf und hebt sein Glas, alle spüren es, eine dickflüssige Einheit, ein Leim, sie stoßen an, das orange Licht der untergehenden Sonne färbt die Gesichter, wirft Reflexe auf das Metall der Töpfe, glänzt auf den Blättern. Ein Neuankömmling würde den Unterschied nicht bemerken, eine lose Sommergesellschaft beim Abendessen, an einem Ferientag, der mit vielen anderen zu einem konturlosen Flaum verwischen wird, nichts würde auf den Schnitt hinweisen. Marie flackert zwischen ihnen, Dorothea hört ihr Lachen, das einem Platzregen gleicht, Stephan sieht ihr von der Terrasse aus zu, wie sie in den Garten hinunterschlendert, mit der Handfläche über die feingliedrigen Blüten eines Busches streicht, Mauro fragt sich, wie es sein wird, wenn jemand stirbt, der ihm etwas bedeutet. Das andächtige Innehalten versurrt, weicht einem geraunten Wort, einer geflüsterten Frage nach der Wasserkaraffe, die Kinder finden schneller und ungehemmter in ihre Gegenwart zurück, die hellen Tonlagen flattern zu den Erwachsenen hinüber, lösen sie langsam aus ihren vereinzelten Gedankenströmen, bis Sätze hin und her wehen, Gespräche stockend die Luft wieder besetzen, kleine Wellen und Locken bilden, Marie zudecken, liebevoll und grausam zugleich.

Lange bleibt Stephan nicht sitzen, nachdem das zweite Mal geschöpft, die Salatsauce mit Brot aufgetunkt ist, trägt er zwei leere Schüsseln ins Haus, auch Pierre verlässt die Tischrunde, um die Töpfe an der Hausmauer zu begutachten, die Seerosen, er entdeckt einen Frosch, das leuchtend grüne Tier auf der einen Hand, mit der anderen formt er einen Deckel, wendet er sich zum Kindertisch um, wo alle vier die Köpfe über die Glacekugeln auf ihren Tellern gesenkt haben, die Blicke nur heben, um zu vergleichen, wem weniger bleibt, wer sparsamer ist. Pierre lässt den Frosch auf den Tisch springen, wo er verharrt, mit klopfendem Hals, Lara kichert, und als Gian ihn einfangen will, springt er in einem weiten Satz zurück in den Zuber mit den Seerosen. Wir waren auf einem Ausflug, unsere erste große Wanderung, sagt Franz am langen Tisch, es war Frühsommer, die Luft roch nach geschmolzenem Schnee und Tannennadeln, Marie bekam heftige Kopfschmerzen, die Erinnerung traf mich unvermutet, heute Morgen, als ich neben ihr kniete.

Franz richtet sich an Sabine, nimmt keine Notiz von den anderen. Wir gingen damals zurück zum Hotel, ich war verstimmt und voller Zweifel, wir waren erst wenige Monate ein Paar, ob die Unterschiede uns auseinandersprengen, und Marie sah so wunderschön aus, sie konnte nichts dafür, für meine Enttäuschung, sie hatte ganz kurzes Haar in jener Zeit, erinnerst du dich; Franz blickt Sabine in die verweinten Augen, wie ein Sturm überfiel mich dieses Bild, ich war wehrlos, jetzt schäme ich mich dafür. Dafür hast du keinen Grund, sagt Sabine, für Scham, vielleicht hat die Erinnerung dich gerettet, das kurze Entkommen. Aber ich bin nicht bei ihr geblieben, Franz greift nach Sabines Händen, drückt ihre Knöchel zusammen, während er spricht, meine Gedanken liefen davon, das wollte ich nicht. Franz, es hat doch nur Sekunden gedauert. Sabine hebt den Blick von Franz' Gesicht in die Landschaft, die im schwindenden Licht ihre Farben verliert, sieht zu, wie Linien sich auflösen und Flächen zusammenfallen. Die Eule, Franz springt hoch, deutet in Richtung des aufragenden Turms, wir haben sie an keinem Abend verpasst, Marie und ich, sie hat immer gewusst, wann es so weit ist.

Auf Sabines fragenden Blick legt Franz den Finger auf die Lippen, sie stellen sich ans Geländer und warten, schweigen, bis ein kehliges Krächzen das Dämmerlicht zerschneidet und aus dem Verschlag in der Turmspitze zwei Eulen stürzen, dicht hintereinander, und mit ausgebreiteten Flügeln über ihre Köpfe hinweg in Blätter und Äste tauchen. Manche Gäste schauen nur kurz vom Gespräch auf, andere setzten sich jeden Abend an den Terrassenrand, legen die Beine übers Geländer und warten, ehrfürchtig, während ihre Haut sich in der Abendluft von der Hitze erholt, warten mit einem Glas in der Hand auf das Spektakel, den langgezogenen Schrei, den Aufbruch zur Jagd. Schleiereulen, sagt Franz, ein Paar, wir gingen über den Dachboden zum Turm, auf Zehenspitzen, außer Kacke und Federn sahen wir nicht viel, Pierre hat uns geführt, tagsüber schlafen sie, sie können vierzig Jahre alt werden, sagt er.

In der Dunkelheit wird die Weite ein Zimmer, ein von Blättern begrenzter Saal, die Blätter ein zitterndes Spiel im elektrischen Licht, das aus den hohen Fenstern fällt. Eine kleine Kugel, bedeckt mit winzigen quadratischen Spiegeln dreht sich über dem Eingang, beleuchtet von der schmucklosen Außenlampe, lässt sie ein Meer von Lichtpünktchen über Fassade und Baumkronen kreisen und wirft ihre Spiegelungen auf das feine Rascheln in den Bäumen. Die zunehmende Schwärze schluckt die Landschaft, es bleibt nur das Huschen und Flattern im Gebüsch, das Zirpen der Grillen. Die Dunkelheit weitet den Raum, genauso wie sie ihn verschließt; das Land gerät aus der Sicht und erlangt eine geheime Gegenwart der Schatten und des Wisperns.

Sabine brennt mit dem letzten Glühen der abgebrannten Kerzen die Enden der neuen an, drückt sie in die Halterung, leise Fluchworte bricht sie ab, bevor sie ganz ausgesprochen sind, Odile hat alle Kerzen angezündet, in den Leuchtern aus abgestumpftem Silber, trotz der weit geöffneten Fenster, kein Flackern in den Flammen, kein Wind. Sie sitzen um Marie, zu dritt um Maries Liege, Sabine lässt sich nochmals erzählen, will jedes Detail beschrieben haben, sie sprechen Französisch, wenn Sabine die Stirn runzelt, schiebt Franz die deutschen Worte nach, Odile stellt ihr Weinglas auf die Liege. Sabine will wissen, wie es geschah, wer was gesehen hat, wer dabei war; sie war immer ungeschickt am Morgen, Sabine kennt das, ihr Gleichgewicht war nie das beste, erst recht, wenn sie getrunken hatte oder verschlafen war. Warum bin ich nicht draußen geblieben, mit ihr, gestern Abend; ein Seufzen lässt Franz' Brust einsinken, Marie war ausgelassen, du kennst das, oft kam es nicht vor, sie trank etwas viel, überbordete, und ich kritisierte sie dafür, zog mich zurück, warum nur, ihre Grenzenlosigkeit, der Durst nach Gespräch, nach Menschen, warum behelligte mich das, werde ich das überstehen. Sabine blickt Franz an, zwischen ihnen der Körper, Maries Körper, auch sie stellt ihr Glas auf den Rand der Liege, kurz schwankt es, neben Maries Oberschenkel; das tun wir alle, uns mit Winzigkeiten aufhalten, dann bereuen wir es, weil wir uns kleinlich vorkommen und engstirnig, lass es gut sein Franz, es hätte nichts geändert. Es ändert vielleicht, was zurückbleibt, von unserem letzten Abend. Marie würde widersprechen, sie fand es immer lächerlich, Franz ist ins Deutsche gefallen, wenn Leute, die zu ihr in die Beratung kamen, auf eingebrannte Szenen verwiesen, sie ins Zentrum ihrer Beziehung stellten oder ihrer Krise. Erinnerst du dich an den Abend, wir stritten uns, du warst meiner Meinung, dass ein Moment stellvertretend sein kann für eine Woge, eine Sturmflut, Marie war aufgebracht, noch beim Abwasch, du warst längst weg, hing der Zwist in der Luft; warum erzähle ich das, Franz verstummt. Der unbewegte Brustkorb, die leicht gekrümmten Handrücken, sonnengebräunt, Maries geschlossene Lider drängen sich wieder in ihre Gegenwart; Totenstellung heißt die Lage im Yoga, einzig die Handflächen würden nach oben zeigen, Sabine verscheucht die Enge im Hals. Au moins elle a bien choisi, l'endroit pour mourir, Odile nimmt ihr Glas, setzt sich ans Klavier und spielt, federnde Klänge, tragend und flockig zugleich, lässt die Melodien in Pausen gleiten und wieder ansetzen, die Tonfolgen rinnen aus den Fenstern, mischen sich mit den Lachsalven, die draußen platzen, einzelne Stimmen dringen hinein, Murmeln, ein lautes Wort, dann wieder Gelächter, Witze, stellt Sabine fest, sie erzählen Witze.

Pierre hat mit den vier Kindern eine Expedition ins dunkle Blätterwerk unternommen, ausgerüstet mit Sackmessern, Taschenlampen und Einmachglas, durchstreifen sie buschiges Unterholz und raschelnde Gräser, die Kinder zwischen Abenteuerlust und kleinen Schauern, die ihnen über den Rücken laufen; Emil hat Nick gebeten mitzukommen, inständig, er hat sich nicht erweichen lassen. Als Odile mit Franz und Sabine hineingeht, unterdrückt Nick den Impuls aufzuspringen, sich Odile anzuhängen, einfach neben ihr zu bleiben; der dämmrige Salon, die stehende Luft, halten ihn zurück, der ausgestreckte Körper, seit dem Morgen stumm, den kein Hauch, nicht das feinste Zucken eines Muskels regt. Dorothea fragt Nick nach Freunden, der Schule, danach, was er in seiner Freizeit tue, fragt, ob er schon Alkohol trinke, manchmal. Mauro schenkt ihm ein Glas Wein ein, nach einem solchen Tag, sagt er und füllt auch die anderen Gläser auf. Nick kann sich später an keinen von Mauros Witzen erinnern, nur wie alle vier in eine haltlose Welle des Lachens gerieten, sogar Dorothea wird davon erfasst; bis Stephan in die Dunkelheit zeigt und sie Umrisse erkennen, die sich aus schwarzem Gestrüpp lösen, und sie in die Gegenwart zurückholen. Schweigend und müde trotten die Kinder über die Wiese, schauen hoch zu den Eltern, die im Schein der Kerzen nun ihre Stimmen dämpfen. Sie möchten in den Arm genommen und die Treppen hochgetragen werden, so wie als sie noch leicht genug dafür waren, der Wagemut ist von ihnen abgefallen, ihre Widerspenstigkeit ist dem Tageslicht zugehörig. Gian trägt mit beiden Händen ein Einmachglas, mustert es ehrfürchtig, schaut sich um zu Pierre, der hinter ihm geht, Lara, Emil und Rosa drängen sich auf den Schoß ihrer Eltern, Nicks Verunsicherung meldet sich zurück wie ein Alarm. Unsere Revanche, Nick, was meinst du, Pierre rettet ihn, Nick ist sogleich auf den Beinen, fragt sogar Gian nach dem Inhalt des Glases in seiner Hand, als sie zu dritt am Billardtisch vorbei und über den Hof gehen, Pierre drückt den Lichtschalter im Nebengebäude, blendendes Licht erfüllt den langgezogenen Raum. Im kommenden Frühling schon wird Nick wiederkommen, mit Freunden aus der Schule, um zu lernen, wie er Pierre und seiner Mutter erklärt, aber hauptsächlich, um ungestört nichts zu tun außer Musik zu hören, zu rauchen und Pingpong zu spielen, bis in seine Studienzeit kommt er regelmäßig, in manchen Jahren mehrmals. Pierre bietet ihm immer ein Zimmer an, sofern eines zur Verfügung steht, auch wenn er sich kurzfristig anmeldet, beinahe jedes Gästezimmer hat Nick bewohnt, der unbeschränkte Zugang zu diesem Ort, einem Schloss, erfüllt ihn mit Stolz, gibt ihm eine erwachsene Festigkeit. Er hilft Pierre, das hochstehende Gras zu mähen und ein Zimmer neu zu streichen, sie sprechen kaum mehr, als der Alltag ihnen abverlangt, nach seinem dritten Besuch versucht Nick Pierres Kleidungsstil zu kopieren, zu Freunden bemerkt er, dass er auf die gleiche Weise wie Pierre alt werden möchte. Als Pierre ihm, Nick hat sich zum ersten Mal mit seiner Freundin angemeldet, das herrschaftliche Gästezimmer hinter dem Musiksalon anbietet, lehnt Nick entschieden, beinahe bestürzt ab.

Es ist nur eine Hülle, sagt Franz, er sagt es zu Rosa, die an der Hand ihrer Mutter im Türrahmen steht, kommt nur. Dürfen wir auch da reingehen, hat Rosa gefragt, Dorothea steht am Kindertisch, mit einer Packung Glace in der einen und einem Löffel in der anderen Hand. Ich will das gar nicht, Emil sagt es, bevor Dorothea antworten kann, ich auch nicht, plappert Gian nach, und nach kurzem Nachdenken, nur mit Pierre. Aber Lara möchte mitkommen, Rosa sucht Laras Blick, schaut sie herausfordernd an, Dorothea übergibt Emil den Löffel, stellt den Glacekübel ab. Esst, bevor es schmilzt, sagt sie und mustert ihre Tochter nicht ohne Strenge, ich bespreche es mit Stephan. Heute Nachmittag hast du, Rosa bricht den Satz ab, schaut mit einem vorwurfsvollen Brauenrunzeln zu ihr hoch und zu Emil gewandt zischt sie leise, Feigling. Stephan hat es strikte abgelehnt, seine Tochter in das Zimmer zu lassen, in dem Marie liegt, oder sie zu begleiten, es ist ihm anzusehen, wie abwegig die Frage in seinen Augen ist, ich kann mir nicht vorstellen, dass sie das will, hat er jede weitere Diskussion unterbunden. Rosa ist hartnäckig geblieben und Dorothea nicht erstaunt, als sie ihre Bitte, an sie gekuschelt, die Beine zerkratzt von dornigen Zweigen, die Glieder weich vor Erschöpfung, als sie mit schläfrig gedehnter Stimme ihre Bitte, die tote Frau zu sehen, wiederholt hat. Dorothea schubst die zögernde

Rosa sanft über die Schwelle in den Musiksalon, die halboffene Tür lässt einen Luftzug ein und bringt die Flammen der Kerzen zum Zittern, Wachs tropft über den Rand der Halterung und auf den Marmor; als sie die Tür zuziehen will, schlüpft die Katze ins Zimmer, springt auf Odiles Knie, schlank, geräuschlos, Odile unterbricht ihr Spiel. Es ist nur eine Hülle, sagt Franz noch einmal, wie ein Kleid, ein Kostüm, ich erkenne sie, und erkenne sie nicht. Nur noch ihre Außenseite ist da, wie eine Fotografie, ebenso unveränderlich. Die Indianer fürchteten den Verlust ihrer Seelen, von der Fotografie gestohlen und gebannt. Seit heute verstehe ich das. Franz hat einige Glühbirnen im Leuchter wieder eingeschraubt, so dass es heller ist im Zimmer, heller als am Nachmittag, und Dorothea erschrickt, als ihr Blick beim Eintreten auf die Liege fällt, auf Marie, vielleicht, weil Rosa mitsieht, Rosas Kinderseele; Maries Züge haben an Kantigkeit verloren, an Schärfe, oder bildet sie sich das nur ein, ihre Züge sind weicher geworden, haltloser, Wachs. Neugier und Unbehagen ziehen wie Wolkenbilder über Rosas Gesicht, spiegeln sich in ihren zaghaften Schritten, als sie sich nähert;

und wo ist er jetzt, der andere Teil, fragt sie. Wir wissen es nicht, niemand weiß das, sagt Sabine, und Franz fährt fort, in unseren Herzen, unserem Kopf, aber da kann sie nicht weiterwachsen. Rosa hält den Kopf schräg, sie blickt den drei Erwachsenen in die Gesichter, reihum, von unten, macht einen weiteren Schritt Richtung Marie, streckt den Kopf, um besser sehen zu können, nimmst du sie mit, die Hülle. Jetzt wagt sie es, Franz direkt anzuschauen, Sabine schmunzelt, Dorothea übersetzt flüsternd in Odiles Ohr. Ja, wir nehmen sie mit, sagt Sabine ernst, morgen wird sie abgeholt, ganz früh, in einem speziellen Auto, Franz und ich fahren hinterher. Damit alle Abschied nehmen können zuhause, ihre Freunde, ihre Mama, ihr Papa, alle, die sie noch einmal sehen möchten. Die den Mut dazu haben, sagt nun Franz, so wie du. Legst du mich auch auf ein Bett, mit so schönen Blumen, Mama, wenn ich sterbe. Ach Rosa, Dorothea versucht das Würgen in ihrer Kehle zu unterdrücken, ich erkläre es dir vor dem Einschlafen, Rosa.

Pierre lässt Nick gewinnen, Nick beobachtet misstrauisch Pierres Aufschläge, nimmt es hin, dankbar und gekränkt zugleich, er ist kein Kind mehr, er kann verlieren, auch heute, das steckt er weg. Gian klatscht in die Hände, jedes Mal wenn sein Vater einen geschickten Schlag setzt, den Nick nicht parieren kann, dazwischen dreht er wirbelnde Runden durch den kahlen Raum, schnappt sich eine Fliegenklatsche aus rotem Plastik vom Boden und versucht schwungvoll die surrenden Insekten zu erwischen, die sich an den Wänden und auf den Fensterbrettern niederlassen, wedelt mit gestrecktem Arm in die Falterschwärme, die sich um die nackten Glühbirnen sammeln, und wirft sich mit viel Anlauf auf die Matratzen, die in einer Ecke übereinanderliegen. Nach der ersten Partie verliert Gian die Geduld, möchte mitspielen, die Runde zu dritt findet Nick sterbenslangweilig, sie handeln eine letzte Partie aus, Pierre verspricht eine lange Gutenachtgeschichte, doch bald greint und quengelt Gian. Du bist der Sieger, gesteht ihm Pierre zu, ab morgen zählen wir neu. Nick bleibt im Entrée zurück, als Gian und Pierre die Treppe hochgehen, er könnte Mauro und Stephan beim Abwasch helfen, aus der Küche hört er das Scheppern der Pfannen im Trog. Nick erwägt noch einmal, seine Mutter anzurufen, er lehnt am Fensterbrett gegen die schwarze Glasscheibe, selbst um die Kugeln den Banden entlangzuspielen, ist er zu träge. Odile bietet ihm eine Tasse Kakao an, als sie vom Musiksalon zu ihrer Wohnung geht, den Tag nicht allein ausklingen lassen, Nick nimmt dankbar an. Als sie ihn wegschickt, weil sie müde ist, wühlt sich Nick in ungestüme Träume, schläft früher und tiefer als üblich. Nicks Mutter wird ihn zum Psychologen schicken, sie besteht darauf, kaum ist Nick wieder zuhause, den Entschluss fasst sie, als ihr klar wird, dass Nick nicht angerufen hat am Tag, als der Unfall passiert ist, und auch an den folgenden Tagen nicht; sie erfährt davon, als Pierre ihren Anruf entgegennimmt. Du kommst nach Hause, sagt sie, kaum vernimmt sie Nicks flaches Hallo. Franz ist abgereist, erklärt Nick, auch die tote Marie nicht mehr im Haus, es ist eigentlich alles wie vorher; heute habe er Pierre geholfen, einen morschen Baum zu fällen und zu Brennholz zu zerhacken, ich reise doch sowieso nächste Woche. Seine Mutter fragt, was er träume, mit wem er spreche, sie will ihn abholen, wenigstens und lässt sich schließlich überzeugen; lernst du wenigstens etwas Französisch, Nick. Gegen die Sitzung bei einem Kinder- und Jugendpsychologen wird Nick mürrischen Widerstand leisten, ich bin fast sechzehn, argumentiert er, lass mich, es geht mir gut. Wenn irgendjemand einen Psychologen braucht, bist du das, gibt er seiner Mutter irgendwann entnervt zur Antwort, in den folgenden Wochen nimmt er zwei Termine bei einem freundlichen Herrn wahr, danach verlieren seine Mutter und er nie wieder ein Wort darüber.

Trauernde können nicht kochen, hast du gesagt, heute in der Küche, als ihr vom Einkaufen gekommen seid, vom Baden, du hast Franz einen Trauernden genannt. Warum sind es die Gespräche, im Dunkel des Zimmers, die sich in Dorotheas Innern verhaken; der Willkür ausgesetzt, was haften bleibt, was vergessen geht. Dorothea hat die Spirale angezündet, die die Mücken fernhalten soll, das glühende Ende ein winziger Lichtpunkt neben dem mit Ikeablumen bezogenen Bett; ich habe die Worte meiner Oma wiederholt, antwortet Mauro. Wenn du überraschend sterben würdest, fragt Dorothea, bin ich dann eine Trauernde, schon in der ersten Stunde trauernd, wäre ich nicht vielmehr eine Versehrte, unter Schock Stehende, wie an einem Unfallort, eine Zerstörte. Dorothea ist mit den Zwillingen eingeschlafen, auch dieser Splitter setzt sich fest, sie hat Rosa, Emil und Lara ins Badezimmer begleitet, Zähne putzen, Hände waschen, Rosa brüstet sich für einmal nicht mit ihrem Mut, ihrem Vorsprung, der Ausflug ins Dickicht wird verhandelt, das Gequassel umgibt Dorothea wie ein Schutzmantel. Nachts ist sie in der Enge zwischen ihren Kindern wach geworden und einen Moment lang ohne Orientierung, sie hat sich aus dem Zimmer gestohlen und zu Mauro gelegt, der verschlafen Unverständliches murmelt, und die Nachttischlampe angeknipst. Dann reden sie, zuerst scheu und verhalten, erzählen einander den Tag, ein Gewebe, das die Entfernung aufhebt, die seit dem Morgen zwischen ihnen größer geworden ist, und sie können nicht aufhören, sie zusammenzuziehen, an den Schnüren ihrer Worte. Odile und Sabine haben ihre Gläser auf die Liege gestellt, sagt Dorothea, es war so unvermutet alltäglich, und strahlend schön. Es ist nur ein schmaler Grat, Mauros Worte weichen sie auf, versöhnen sie, später, während der quälenden Wortwechsel ihrer Trennung, vergegenwärtigt sich Dorothea das schwach erhellte Zimmer, immer wieder, wie sie einsank in Mauros unverstellte und flüchtige Zuversicht. Wie sie aufsteht und die Wasserflasche auf dem Tisch greift, ob sie dieses Bild aus einer anderen Nacht hineingestrickt hat, ihre tapsenden Schritte, wie sie trotzdem anstößt an der Tischkante, am nächsten Tag wird sie zuerst nicht wissen, woher der blaue Fleck kommt, sie reicht Mauro die Flasche, und nachdem er einen ausgiebigen Schluck getrunken hat, schlingt er beide Arme um Dorothea, zieht sie zu sich, ihr ganzer Körper gibt nach, auch dieses Gefühl kann sie abrufen; ich habe nicht vor zu sterben, sein Mund berührt ihr Ohrläppchen.

Franz liegt ganz still. Er sieht den Umriss der Lampe an der Zimmerdecke, den Vorsprung in der Wand, die den Kaminschacht umschließt, die schwarze Fläche des großen Ölbildes mit dem Jagdhund, den er mehr ahnt als erkennt, weil er weiß, dass da ein Hund ist, schlank und mit kurzem, graubraunem Fell; er wird oft wach nachts und lauscht, blickt in die Dunkelheit, misst den Raum aus, den er nur schemenhaft ausmachen kann, horcht auf vertraute Geräusche, Franz hört ein Rascheln, kleines Getier in den Zwischenböden, im Gebälk, Rascheln, das aus dem Garten hereinweht, der Wind oder Tiere, die das Gestrüpp bewegen, das Gras. Die Nacht erscheint ihm ungewöhnlich verhalten, beinahe windstill. Seine Gedanken wandern ins Nebenzimmer, zu Marie, der ausgestreckte Körper, Fleisch, Sehnen, die Haut, in den Kleidern, die er am Morgen für sie ausgesucht hat, die sie nie wieder ablegen wird. Franz stellt sich den Körper in einer Kiste vor, aus leichtem Holz, das duftet, nach Kiefern oder Pinien, für einen kurzen, sehr kurzen Moment ist er in einem Pinienwald in der Nähe des Atlantiks, der Duft ist überwältigend, der Boden gänzlich von Nadeln bedeckt. Er hat Marie zugedeckt, als alle das Zimmer verlassen haben, auch Sabine, die ihn ungern allein lässt, er liest es in ihren Fragen, ob er sicher sei, allein schlafen zu wollen, schlafen zu können, sie fragt mehrmals, irgendwann wird er ungeduldig und Sabine lässt von ihm ab. Die Fenster haben sie wieder ganz verschlossen, obwohl es besser wäre, frische kühlende Nachtluft einzulassen, aber Franz hat keine Angst vor den Veränderungen, die mit Marie vorgehen können; Franz fürchtet etwas Unbenennbares, oder ein Tier, das eindringen könnte durch das halbgeöffnete Fenster, lautlos hineinschlüpfen oder flattern, diese Bedrohung ist wirklich, und Marie wäre ausgeliefert, schutzlos, er nicht an ihrer Seite. Ob die Mücken stechen, zwölf Stunden danach, ob das Blut noch süß ist oder zu hart, hart und kalt. Franz hat Marie zugedeckt, nachdem Sabine zögernd die Tür zugezogen hat, du kannst mich jederzeit wecken, Franz, sie hat ihn umarmt, er ließ es zu, war wie ein Block, dankbar, aber empfindungslos. Er hat das Baumwolltuch um Marie gebettet, das sie überallhin begleitet und zunehmend fadenscheinige Stellen aufweist, dessen Farben langsam ausbleichen, weil es als Picknickdecke dient, als Halstuch, als Kissen, hier hat es als Vorhang gedient, um die Morgensonne abzuschwächen, da sich die Fensterläden nicht befestigen lassen, bei Wind an die Mauer schlagen und in den Angeln klemmen. Er hat sich gestreckt auf dem wackligen Stuhl, Sabine hält ihn fest, als er die Nägel aus der Wand zieht, so wie er Marie festgehalten hat, vor wenigen Tagen, vor einem Jahrhundert. Und während

Franz sich vorstellt, aufzustehen und hinüberzugehen, sich vorstellt, wie er sich zu Marie hinunterbeugt, ihre Stirn küsst, ihre Augenlider, sich fragt, ob er das ist oder eine Szene aus einem Film, während er versucht, den Willen auf seine Glieder zu übertragen und aufzustehen, schläft Franz ein.

Der schwarze Lieferwagen kommt kurz vor sechs Uhr, Rosa hängt noch im Blau des Himmels und ein Rest Nacht. Zwei Männer tragen Marie durch den Gang, am Billardtisch vorbei, in einer weißen Plastikhülle, ohne Bahre, durch den Hof aus dem Haus. Pierre hat Kaffee gekocht, sie haben ihn im Stehen getrunken, Franz, Odile und Pierre, und in den morgenkühlen Kacheln der Küche auf den Transportwagen gewartet, während Sabine Maries Koffer packt. Wenige Sekunden, nachdem sie das schrille Piepsen geweckt hat, ist Sabine auf den Beinen, sie hat sich eilig angezogen, die wenigen Dinge in ihre Tasche gestopft, eine Zahnbürste, Sonnencreme, die dreckige Bluse, die Tasche beim Billardtisch abgelegt, eher hingeworfen, an Marie eilt sie vorbei, winkt ihr zu und hofft gleich darauf, niemand habe sie gesehen, die linkische, unpassende Geste, vor allem Franz nicht. Die Tür ist angelehnt, Franz steht angekleidet vor den aufgeklappten Koffern auf dem zerwühlten Bett, sorgfältig gefaltete Kleidungsstücke liegen darin, auf den Laken ungeordnet Bücher, Tuben und Kabel. Geh, trink einen Kaffee, ich mache das, sagt Sabine und schiebt Franz zur Tür. Sie legt Shirts und Unterwäsche in die Koffer, versucht die Gegenstände nicht zu sehen, Maries Kamm, Maries Halskette, nur den Raum zu bemessen, den sie im Koffer benötigen, wie ein Puzzlespiel, darauf konzentriert sie sich. Sie habe keinen Blick mehr auf die Terrasse geworfen, aus dem Fenster, die Aussicht sei während ihres ganzen Aufenthalts verschwommen geblieben, der Ort, den ihr Marie blühend ausgemalt habe, ihn unter diesen Umständen zu betreten; Sabine wird es seufzend bemerken, als Franz die Frage stellt, auf der Autobahn, in der stockenden Kolonne vor einer größeren Stadt, ob das Haus, der weite Blick, an dem er hänge, auch an Odile, für ihn verloren sei, auf immer verloren sei. Ein Wohnmobil drängt vor ihnen in die Spur und kommt zum Stehen, füllt das Sichtfeld, am Heck sind zwei Fahrräder festgebunden. Wie Felsbrocken tauchen sie auf, am Rand meines Gedankenfeldes, sagt Franz auf dem Nebensitz, unzählbare Situationen, sie ohne Marie denken. Kantiges Glas, brennendes Holz, Gestein, Lava, ein Granitfeld.

Dorothea erwacht vom Klingeln ihres Handys, sie wirft einen Blick auf Mauro, der sich neben ihr auf die Seite dreht und weiterschläft, sie schlüpft in ihre Kleider und verlässt das Zimmer auf Zehenspitzen, das Knarren der Holzdielen mischt sich in die Stille des Morgens, in den Gängen hängt noch die Frische der Nachtluft, Dorothea fröstelt leicht, auf der Treppe vernimmt sie gedämpfte Geräusche von Stimmen und Schritten. Ich möchte mich verabschieden, Adieu sagen, dankbar nimmt sie den Kaffee entgegen, den ihr Pierre hinhält, auch Marie Adieu sagen. Die Nähe zu Odile ist dem neuen Tag gewichen, dass sie im Grunde eine Unbekannte ist, drängt die gestrige Verschworenheit weg, als sie nebeneinander zum Musiksalon gehen, moi aussi, sagt Odile, je veux lui dire au revoir. Neubeginn liegt in der Morgenluft, die Auftrennung der Nähte, sie haben nicht viel Zeit, der Wagen wird gleich kommen und Marie abholen. Sie schauen einander nicht an, Dorotheas Blick streift ruhelos den Wänden und Gegenständen entlang und über das verzahnte Muster des Holzbodens, den Raum in ihr Innerstes prägen, und bleibt an Maries Wimpern hängen, der Wölbung ihrer Augen, als wäre es der einzig mögliche Ort, um zu verharren. Odile streicht über Maries Arme, über die Handrücken, dann dreht sie sich schlagartig um und verlässt den Salon beinahe geräuschlos. Der frühe Sommermorgen ist unwirklich leicht und verheißungsvoll, er passt in keiner Weise zum Plastik, in das Marie verschwindet, das kaum raschelt, als die Männer Marie hochheben und hinaustragen, sie stehen vor der Küche, Franz und Pierre, Odile, Sabine und Dorothea, bieten den zwei Fahrern heißen Kaffee an, den sie trinken, ohne jemanden anzusehen, als sie zurückkommen und Franz den Transportschein unterschreiben lassen. Wenn wir das im Kino zu sehen bekämen, Pierre sagt es mit gesenkter Stimme, die Männer haben sich verabschiedet, wir würden das Drehbuch bemängeln, ein völlig übertriebener, ein unwahrscheinlicher Plot, würden wir kritisieren. Franz schmunzelt, froh um die Distanz in Pierres Bemerkung.

Gemeinsam holen sie Koffer und Taschen, alle tragen etwas, durch den entleerten Musiksalon, der Erschöpfung ausstrahlt, niemand hat die Kraft aufgebracht, Ordnung herzustellen, als das Ereignis abflaute, ein ausgelassenes Fest, eine Aufführung, und die Gäste angetrunken zu ihren Autos wankten; die Stühle stehen durcheinander, Getränkereste in den Gläsern, Olivensteine, wer würde eine Aufbahrung vermuten. Pierre öffnet Fenster und Läden, ein abgekämpfter Raum im schonungslosen Morgenlicht, die Hortensiendolden vernachlässigt neben der Liege, und welk, braun angelaufen die Rosenknospen, vom Fleck in der Mitte des Baumwolltuchs wenden alle den Blick ab. Pierre wird das Tuch noch am gleichen Tag in den Abfall werfen, die Liege wird er tagelang an die Sonne stellen und auslüften, Seife einwirken und austrocknen lassen, er wird nicht darüber sprechen, weder mit Odile noch mit sonst jemandem. Die Koffer sind verstaut, Pierre umarmt Franz, legt die Arme um ihn, drückt ihn an sich, ernst und ein wenig unbeholfen, alle umarmen sich, halten sich fest, Glück wünschen, alles Gute, unmöglich. Bon voyage, sagt Odile und reicht Sabine, die bereits am Steuer sitzt, eine Papiertüte mit frisch gestrichenen Broten und Tomaten von ihrem Balkon, Sonnenstrahlen kriechen über das Hausdach und treffen die Zypressenspitzen. Es tut mir leid, sagt Dorothea auf dem asphaltierten Vorplatz zu Franz, dass wir so ausgelassen gelacht haben gestern Abend. Ich fand es schön, antwortet Franz und umarmt sie, es war, als säße Marie bei euch. Nachdem das rote Auto die Auffahrt hinunter und um die Ecke gebogen ist, sie haben gewinkt, bis der Wagen aus ihrem Sichtfeld verschwunden ist, gehen Odile, Pierre und Dorothea über den Platz zurück ins Haus. Ich leg mich wieder hin, meint Pierre, mit etwas Glück lässt Gian mich noch ein wenig schlafen.

Erst später merkten wir, wie wenig wir wissen, ob folgenlos oder einschneidend.
In unsere Leben schneidend.
Wir merkten, wie unberechenbar, wie unvermutet, in kleinen Dosen, uns nachträglich Folgeschäden, Richtungswechsel einholen.
Ob und wie viel überhaupt wegen Marie, nicht einmal das wissen wir.

Selten war meine Existenz so glasklar.
Und unwichtig hinter den Ereignissen.
Eine der großen Erzählungen in meinem absehbaren Leben, die Freundinnen lauschen, ich berichte ausführlich, sie nehmen Anteil, gebannt.

Mauro verliebte sich.
Es war schmerzhaft, nicht überraschend.
Ihr Lachen sei, als trinke er etwas Sprudelndes.
Mehr sagt er nicht über die Frau, mit der er noch ein Bier trinken geht, sich auf eine Affäre einlässt.
Über seine Unruhe spricht er, schwer fassbar, drängend. Jede warme Nacht könnte die letzte sein, die Dunkelheit wird die Tage auffressen.
Eine hintergründige Panik, alles könnte schlagartig enden.
Endgültig, ohne dass er Hand angelegt hätte, aus Feigheit oder Trägheit, hätte er sie dahinfließen lassen, die Monate, Tage, Jahre.
Und die Gelegenheiten vertan, Abzweigungen zu nehmen, Entscheidungen zu treffen, die seine Tage, Monate und Jahre richtiger gemacht hätten, schärfer und dichter.
Ein auf immer verschwundenes Funkeln.

Ich schrieb Franz eine Karte, eine Beerdigung gab es nicht, eine Beisetzung, eine Feier, nur im engsten Kreis, ich nehme es Franz übel.
Und fühle mich schlecht dabei, für mich wäre es nötig gewesen, heilsam, ich schreibe ihm Wochen später, vielleicht ist es schon kalt, Handschuhwetter.
Denn eine Todesanzeige habe ich erhalten, einige Wochen nach unserer Heimkehr, mit der Post aus der eine Stunde entfernten Stadt, im Zug oder im Auto eine Stunde entfernt.
Rosa legt den Umschlag beim Mittagessen auf den Tisch, sie fischt die Briefe mit schmalen Händen aus dem verschlossenen Metallkasten.
Kein schwarz umränderter Trauerbrief, ich erkenne ihn trotzdem, warum, weiß ich nicht mehr.
In der gleichen Post, am gleichen Tag, da bin ich ganz sicher.
Auch wenn Mauro behauptet, ich hätte erst nach den ersten Trennungsanzeichen damit begonnen, war der Brief der Notarin.

Nach unserer Rückkehr habe ich mich im Bekanntenkreis erkundigt nach einem Treuhänder oder einer Anwältin.

Um vorbereitet zu sein.
Zumindest rechtlich. Ich lasse mich beraten, beim Aufsetzen des Testaments, welche Papiere, mit minderjährigen Kindern, unverheiratet. An wen geht das Geld aus der Altersvorsorge, wer darf bestimmen, wo ich begraben werde.
Mein Denken setzt aus, als ich den Textentwurf lese.
Ich sehe Emil, wie er mit uns am Tisch sitzt, wie sich in seinem Gesicht ein winziger Teil nur der Welt spiegelt.
Die Papiere bleiben liegen, monatelang, manchmal tauchen sie auf am Rand eines freien Tages, dann legt sich der Alltag wieder darüber, eine schützende Decke.

Ich gehe eine Straße entlang und zähle die Jahre, während ich in Schaufenster blicke, verblasste Muster, Bettdecken aus Polyester und Unterhemden, die an Bauarbeiter und Marlon Brando erinnern. Meine Gedanken im Takt meiner Schritte, konturlos, von Raum zu Raum, ich wechsle die Straßenseite, zähle die Jahre seit Maries Tod.
Warum jetzt, warum so deutlich, dicht gestellte Bilder.

Ich durchwandere ein Außenquartier, an einem willkürlichen Tag in einer italienischen Stadt. Maries Handgelenk mit der goldenen Armspange, braungebrannt, die nackten Füße, die Riemchen der Sandalen zeichnen sich hell ab.

Meine Pupillen gleiten über die Fassaden und in die Zwischenräume, das stundenlange Gehen auf dem Asphalt lässt meine Gedanken an die äußersten Ränder spazieren, an die Kanten des Denkbaren. Den Rückweg abtastend, verlieren sie ihre Schärfe im Gebäude der geformten Worte, möglicherweise.

Die Schlaflosigkeit in manchen Nächten, die ausweglosen Gedankenketten, die überall anstoßen, wie in einem lichtlosen Saal. Ich bin wie erlöst, wundere mich über die eigene Furchtlosigkeit.

In jede Kirche, die meinen Weg kreuzt, trete ich ein.
Verblüfft von der schlagartigen Verlangsamung, wenn ich aus der schwülen Hektik, den Motorrollern, die mir um die Beine schwirren, in die steinerne Kühle trete. Rascheln, aus der Tiefe

hallende Handgriffe eines Kirchendieners, flüsternde Touristen, vereinzelt in den Bankreihen gemurmelte Gebete.
Und Madonnenfiguren.
Ein verwaschenes Antlitz, durch die Bemalung schimmert verwurmtes Holz, ein entrückter Ausdruck. Blieb Maries Gesicht nicht sonnengebräunt, den ganzen Tag über.
In meiner Erinnerung ist es immer blass gewesen, kühl und gegenwärtig.
Kerzen anzünden, in jeder Kirche eine Kerze anzünden, das ist mir immer lächerlich vorgekommen, wenn ich auf meine Mutter wartete, die vier anstatt zwei Euro in die scheppernde Kasse warf.
Wann ich selbst die Gewohnheit angenommen habe, nach dem Flackern im roten Plastik Ausschau zu halten, nach den weißen Wachsstäben, Mauro hielt davon ebenso wenig wie ich selbst auf den Ausflügen mit meiner Mutter, ich weiß es nicht mehr.

An Franz habe ich oft gedacht.
Ob ich mich melden soll, wenn ich in seiner Stadt bin, ihn anrufen.

Was hätte ich sagen können, ich wage es nicht, komme mir vor wie eine Schaulustige, was hätte er davon gehabt.
In einer Kapelle in den Bergen, am Rand eines hässlichen Skiortes, im Winter, der auf unsere Frankreichreise folgt, hängte ich an die Kerze den Wunsch, dass Franz hinwegkomme über Maries Tod, eilig hingeworfen, um einer älteren Frau Platz zu machen.
In der Kirche, zwischen den unmerklichen Hügeln, die hohen Pinien im Gesicht, die Abgase, wiederhole ich den Wunsch.
Lasse mich von den Bildern überschwemmen, die ländliche, unbeschwerte Hitze, wie sie kippte, alles kippte. Und wie sie zurückschwappte nach Maries Abreise, arglose, unbekümmerte Sommertage.
Es bleibt ein feines, ein fernes Hallen.
Wie damals im August, als der Name der Stadt, in der wir wohnen, auf der grünen Tafel erschien, mit der Kilometeranzeige, Mauro las die Zahl laut vor, im Rückspiegel warfen Emil und Rosa jubelnd die Arme in die Luft.

Zur Autorin

Ilia Vasella, geboren 1961, studierte Grafik Design und später Gender Studies an der heutigen Zürcher Hochschule der Künste. Nach langjähriger Tätigkeit als freischaffende visuelle Gestalterin leitet sie seit 2007 den Studiengang Visuelle Gestaltung an der F+F Schule für Kunst und Design in Zürich und unterrichtet. Sie lebt in Zürich und Frankreich.
Für die Arbeit am vorliegenden Text erhielt Ilia Vasella 2017 einen Werkbeitrag des Kantons Zürich. *Windstill* ist ihre erste Veröffentlichung.

Zum Buch

Ein heißer drückender Sommermorgen in Südfrankreich. In einem leicht verfallenen Schloss verlebt eine zusammengewürfelte Schar von Gästen entspannte Ferientage. Sie kochen gemeinsam, trinken auf der Terrasse Wein und genießen den Blick auf die blaue Bergkette in der Ferne.

Dann passiert das Unfassbare: Marie rutscht aus und stürzt. Sie ist auf der Stelle tot. Die Anwesenden bahnen sich einen Weg durch die ersten Stunden nach ihrem Tod – Dorothea faltet Maries Wäsche, Odile setzt sich ans Klavier, Stephan flüchtet mit den Kindern in den Garten. Bei jedem hinterlässt Maries Tod andere Spuren, bleiben andere Erinnerungen zurück.

Danke!
Manuela Waeber, Simone Weinmann und
Katharina Wehrli, Ruth Schweikert und
Lino Sibillano, Johanna Lier,
Gregor und Oscar.